自由行必學
韓文會話
一本通通搞定！

一定要學的會話╳出發必備小知識，
一本就搞定！

U0074168

跟團到韓國玩，常常會錯過很多自己喜愛的景點，怎麼辦？其實韓國的大眾運輸十分發達，到韓國旅行不自由行怎麼行？但若是不會説幾句韓文，一路英文到底，總是令人不安心。괜찮아요！只要弄清楚以下的使用步驟，有本書在手，不管你是在景福宮參觀，還是正在追星，或者漢江畔看夜景，都能用一口地道的好韓文，征服韓國！

韓國玩透透
POINT 1.

韓國自由行必備小知識，
出發前你一定要知道！

想要去韓國自由行，但什麼時候去比較好？四季各有什麼值得玩賞的地方？想要搭地鐵、公車、高鐵的話要怎麼選擇？搭計程車有要注意的事嗎？出發前要準備什麼？本書特別撰寫韓國自由行必備攻略，讓你在出發前通通做好準備！

出發前一定要知道

韓國自由行必備攻略

第一次出國自由行是不是總會心慌慌的呢？別害怕！多查資料、多做準備，就能萬全地享受愉快的旅程，以下有些去韓國自由行要注意的事，先與你分享。

什麼時候出發去韓國？

韓國是溫帶氣候，夏季炎熱而冬季最低溫會落到零下，因此韓國的旅遊旺季是氣候較宜人的春季和秋季。但其實，韓國一年四季都有值得欣賞的美景。

◆年末年始（新年假期）

「年末年始」顧名思義就是舊的一年結束新的一年開始，這期間就相當於我們的春節假期。日本總的是新曆年，所以「年末年始」表定的期間是12月29日～1月3日。

◆春季（3月～5月）

春季適合賞櫻，這不只適用於日本，更適用於韓國！大概在3月中到3月底的時候韓國的櫻花就會陸續盛開了，櫻花盛開的地點不限於首爾這些熱門的景點，韓國全部都有美麗的櫻花能夠欣賞！在出發去韓國賞櫻之前，不妨上網查詢櫻花盛開的時間喔！

◆夏季（6月～8月）

在夏季，會有很想消涼一下呢？韓國的海水浴場也是很知名的，像是大川海水浴場、海雲臺海水浴場、廣安里海水浴場等都是熱門景點，夏季去自由行時不妨多看看，不過韓國夏季不只要注意高溫，也要小心梅雨季節喔，在出發前要先確認過當天天氣喔！

◆秋季（9月～11月）

秋季是賞楓、賞銀杏的好季節，每年的黃金賞楓期大約落在10月中到11月中，從北到南都有楓葉和銀杏可賞，可以考慮去雪嶽山國家公園、德壽宮、南怡島、周王山國立公園等地方喔！

◆冬季（12月～2月）

冬季去韓國，要記得準備好保暖衣物，然後就可以去賞雪啦！像是大關嶺、太白山都是熱門的賞雪景點。除了賞雪，玩雪外，也可以享受韓國的慶典與活動，如首爾燈節、釜山海雲臺燈會等。

地鐵、公車、交通卡，去韓國怎麼搭車？

自由行面臨的最大問題就是交通了，韓國的地鐵、公車、高鐵和交通卡一定要在出發前先搞懂！以下簡單介紹：

◆地鐵

韓國一共有5個城市有地鐵，分別為首爾、釜山、大邱、大田、光州。首爾的地鐵是最發達的，連接了金浦機場和仁川機場，也能接各大火車站，當然也能抵達首都圈的著名景點！

◆公車

地鐵雖然方便，但是有些景點會離地鐵站有一段距離，這時候就需要搭配公車了。韓國的公車有：行經當地市幹線的藍色公車，行駛次要支線的綠色公車，在特定觀光區或行駛的黃色循環巴士，以及跨越城市的紅色廣域巴士。在韓國自由行時，事先確定好該怎麼乘公車和地鐵的路線，就能順暢地更加順暢！

韓國玩透透
POINT2.

帶著72個自由行必遇情境會話去韓國，省時省力玩翻天！

72個超級詳細的韓國自由行暢玩情境，食衣住行無一不包，想要退稅？想要求包裝寄送？想澈底觀光名勝古蹟？想搭大眾運輸韓國玩透透？你能想到的情境這本都有，就是如此貼心！

韓國玩透透
POINT3.

帶著「臨場感100%情境對話」與「實用延伸單句會話」去韓國，開口就說不用心慌慌！

全書72個情境均有設計雙人對話以及能靈活運用的單句會話，讓你隨時隨地都能拿出來用、需要時也可以自然開口，絕對是平時練習與韓國旅遊時的必備良伴！

▶항공편 hang-gongpyeon 班機

▶……을/를 놓치다 ……eul/leul nohchida 沒搭上……

▶변경하다 byeongyeonghada 變更

▶무효화되다 muhyohwadoeda 失效

▶……을/를 취소하다 ……eul/leul chwisohada 取消

▶취소 chwisohada 取消

▶다음 da-eum 下一……

▶빈 자리/빈 좌석 bin jali/ bin jwaseog 空位

▶취소 수수료 chwiso susulyo 取消手續費

▶환불하다 hwanbulhada 退費

▶업그레이드하다 eobgeuleideuhada 升級

▶이코노미석/일반석 ikonomiseog/ ilbanseog 經濟艙

▶비즈니스석 bijeuniseuseog 商務艙

▶1등석 ildeungseog 頭等席

溫馨小提示

更改機票與退票：

在韓國機場要求退票前，請先在網路詳閱訂票規則，通常因個人因素更改或退票必須付一筆手續費用，各家航空公司收費不一，但更改/退票的手續費一般如以下規則：去程改票N元；回程改票的話，同艙等不收費、如出現價差，除了價差以外，額外再收N元，而退票手續費N+（比改票高）元。但如果購買的是特價國際機票就要注意了，有些特價國際機票，因為有嚴格的限制條件，可能不允許改期，也不允許退票。所以購票前請務必確認更改/退票規則喔！

韓國玩透透
POINT 4.

帶著72個情境補充單字去韓國，隨翻隨查不會心慌慌！

機場和路上的牌子全都有看沒有懂、霧煞煞，一個人出遊好焦慮啊！別怕啦，這本給你72種情境中最常會用到的韓文單字及片語，有狀況時就能馬上使用，為你設想絕對周全！

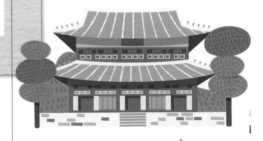

韓國玩透透
POINT 5.

帶著貼心小提醒去韓國，溫心叮嚀聽完不再心慌慌！

出國旅遊小撇步絕對少不了，這時若是有了一點韓國自由行達人的貼心小提醒，將細節通通處理好，保證讓你玩得過程更順利、突發問題更減少，才能玩到盡興玩到瘋，不是嗎？

韓國玩透透
POINT6.

帶著實境彩圖圖解，一目了然不心慌！

出國是件放鬆的事，要是拿著黑白相間的文字書上飛機，哪裡感受得到放鬆的氣氛？就讓這本最多采多姿的旅遊韓語書作為你的旅伴，陪伴你度過這段美好的旅程吧！全書彩色的實境圖，不僅給你更高的閱讀性，更能擁有好心情，每次翻閱都如同身歷其境呢！

韓國玩透透
POINT7.

帶著會話單字全都錄MP3去旅行，
走到哪都能練聽力，練一練心不慌！

全書的會話與單字均由專業韓籍老師親自錄音，用最道地的口音讓你彷彿身處在當地環境當中，慢慢習慣韓文的發音、語調、節奏，無論是聽熟了再出發還是到韓國才惡補都可以！

Preface
前言

　　近年來韓流興起，無論是Kpop韓國流行音樂、韓國綜藝節目、韓星，或是韓劇，都風靡全球！台灣會韓語的人越來越多，想去韓國自由行的人數也越來越多。台灣去韓國的人次，一年最高足足有120萬！

　　韓國除了流行文化在世界佔有一席之地外，也極力推廣傳統文化與觀光，讓首爾成為繼香港之後，全新的購物和觀光天堂。在韓國，不只有物美價廉、引領潮流的服飾，更有琳瑯滿目的保養品、化妝品及傳統藝品。想要在韓國享受美食的話，也千萬不能錯過韓式烤五花肉、雪濃湯、部隊鍋、春川辣炒雞、人參雞等美食，國民美食的辣炒年糕及辣炒血腸更是必吃！如果想要來一趟深度的文化之旅，韓國更是有不少引人入勝的古蹟、館藏豐富卻門票低廉的博物館，以及發達的劇場文化，劇場中傳統歌舞劇、現代歌舞劇、亂打等表演形式應有盡有。

　　韓國就是這麼好玩！如果去韓國時受限於旅行團的行程，而沒辦法把所有自己想玩、想看、想吃、想體驗的事情通通做過一遍，那不是太可惜了嗎？因此，去韓國時，能夠自由規劃行程的自由行是大家的好選擇。尤其在首爾和釜山等都會區的大眾運輸系統都非常發達，無論是自由行新手，還是想一起旅行的小家庭，都能夠輕鬆玩韓國！

　　但不是人人都會韓文，然而自由行還是要會一些簡單的會話比較好，因此希望能夠有一本關於韓國自由行的實用會話書，可以幫助大家更輕鬆地遊韓國。除了學習實用的會話外，也希望書裡面能介紹韓國的文化及自由行會用到的小知識，成為一本最全面的自由行工具書。

在這本書中，以實用為主要考量，整理了72個自由行的情境，撰寫雙人會話及延伸的單句對話，方便各位讀者能夠在各種情況都有相應的句子或單字可以應用。我也整理了許多的補充單字，以免讀者在韓國看著指示牌卻霧煞煞。無論是會話或是單字，都有請專業老師親自錄音，讓大家可以一邊聽音檔，一邊熟悉韓文的發音、語調和節奏。

　　另外，本書在情境對話後的溫馨小提醒，就是要提醒讀者各種因為風土民情而在旅途中要特別注意的事，例如：餐廳用餐時無限續盤的小菜、如何選搭計程車等資訊。此外本書為了營造如同置身韓國的感受，收錄大量精美實景照片，希望讀者融入韓國文化，彷彿就正在當地旅行，讓學習更愉快。

　　最後，無論是熱愛韓國的讀者，還是第一次去韓國自由行的讀者，都希望這本書能夠成為你們去韓國玩的最佳良伴，幫助各位應付可能發生的各種狀況，展開愉快又精彩的旅程！

박새롬

朴凱彬

Contents
目錄

使用說明　　　　　　　　　　　　　　　　　　002
前言　　　　　　　　　　　　　　　　　　　　006
出發前一定要知道：韓國自由行必備攻略　　　　014

Chapter 1 韓國我來了！飛往國外篇

Part 1 在機場

01 報到劃位 체크인　　　　　　　　　　　　020
02 行李託運 짐 맡기기　　　　　　　　　　　024
03 安全檢查 안전검사　　　　　　　　　　　028
04 航班延誤 비행기 연착하기　　　　　　　　031
05 更改機票、退票 항공권 변경하기 및 취소하기　034
06 在登機門 탑승구에서　　　　　　　　　　　037

Part 2 在飛機上

01 尋找座位 좌석 찾기　　　　　　　　　　　040
02 調換座位 좌석 바꾸기　　　　　　　　　　043
03 機上服務 기내서비스　　　　　　　　　　045
04 暈機不適 비행기멀미　　　　　　　　　　050
05 找洗手間 화장실 찾기　　　　　　　　　　053
06 入境表格 입국신고서　　　　　　　　　　056

Part 3 順利抵達

01 轉機換乘 환승　　　　　　　　　　　　　060
02 入境審查 입국 심사　　　　　　　　　　　063
03 行李領取 짐 찾기　　　　　　　　　　　　066
04 海關申報 세관 신고　　　　　　　　　　　069
05 兌換外幣 환전　　　　　　　　　　　　　072

Chapter 2 韓國我來了！道路交通篇

Part 1 問路大小事
01 問路找路 길 찾기   078

Part 2 各種交通方式
01 搭乘公車 버스 타기   081
02 搭乘計程車 택시 타기   086
03 搭乘火車 기차 타기   090
04 搭乘地鐵 지하철 타기   094
05 步行 걷기   098

Chapter 3 韓國我來了！飯店住宿篇

Part 1 預訂房間
01 電話預訂 전화로 예약하기   104
02 詢問房型 방유형 묻기   107
03 詢問房價 방요금 묻기   112

Part 2 辦理入住
01 入住登記 체크인 하기   115
02 飯店設施 호텔 시설   118
03 客房服務 룸서비스   124
04 享受三溫暖 사우나 즐기기   127
05 抱怨投訴 불만과 불편하기   130

Part 3 辦理退房

01 結帳退房 체크아웃 하기　　　133
02 遺忘物品 물건 잃어버리기　　　136

Chapter 4 韓國我來了！
觀光遊樂篇

Part 1 遊客中心

01 索取資料 자료 찾기　　　142
02 詢問景點 관광지 묻기　　　145

Part 2 旅遊觀光

01 預約活動 활동 예약하기　　　149
02 購買門票 표 사기　　　152
03 觀看表演 공연 감상하기　　　155
04 拍照留念 기념사진 찍기　　　158

Part 3 遊覽場所

01 自然景觀 자연경치　　　161
02 歷史古蹟 역사적인 유적지　　　165
03 參觀博物館 박물관 관람하기　　　172
04 遊樂園玩樂 놀이공원에서 놀기　　　175

Chapter 5 韓國我來了！暢享美食篇

Part 1 餐廳用餐

01 預訂座位 예약하기　　　　　　　　182
02 排隊待位 줄 서기　　　　　　　　　186
03 點餐 주문하기　　　　　　　　　　189
04 用餐服務 식사하기　　　　　　　　193
05 結帳 계산하기　　　　　　　　　　201

Part 2 外帶服務

01 外帶餐點 포장하기　　　　　　　　204

Chapter 6 / 韓國我來了！逛街購物篇

Part 1 商品購買

01 尋找商品 상품 찾기   210
02 付帳 계산하기   213
03 免稅退稅 면세와 환급   217

Part 2 各類商品

01 衣服鞋襪 옷,구두와 양말   220
02 買包包 가방 사기   226
03 首飾配飾 액세서리   229
04 電子產品 전자상품   234
05 買化妝品 화장품 사기   239
06 買紀念品 기념품 사기   243
07 購買食品 식품 사기   250

Part 3 售後服務

01 包裝寄送 포장과 배송   253
02 商品退換 반품하기   257

Chapter 7 韓國我來了！
緊急狀況篇

Part 1 電話溝通

01 國際電話 국제전화　　　　　　　　　262

Part 2 網路連接

01 無線網路 와이파이　　　　　　　　　265

Part 3 生病就醫

01 赴醫就診 병원에 가기　　　　　　　　268
02 身體不適 불편한 몸　　　　　　　　　271
03 意外受傷 다치기　　　　　　　　　　276
04 購買成藥 약 사기　　　　　　　　　　279

Part 4 意外狀況

01 迷路 길 잃기　　　　　　　　　　　282
02 被偷被搶 도둑과 강도 맞기　　　　　　285
03 交通事故 교통사고　　　　　　　　　289
04 找零有錯 거스름돈 잘못 거슬러 받기　　296
05 物品遺失 물건 잃어버리기　　　　　　299

出發前一定要知道
韓國自由行
必備攻略

第一次出國自由行是不是總會心慌慌的呢？別害怕！多查資料，多做準備，就能萬全地享受快樂的旅程，以下有些去韓國自由行要注意的事，先與你分享。

什麼時候出發去韓國？

韓國是溫帶氣候，夏季炎熱而冬季最低溫會落到零下，因此韓國的旅遊旺季是氣候較宜人的春季和秋季。但其實，韓國一年四季都有值得欣賞的美景。

◆春季（3月～5月）

春季適合賞櫻，這不只適用於日本，更適用於韓國！大概在3月中到3月底的時候韓國的櫻花就會陸續盛開了，櫻花盛開的地點不限於首爾這些熱門的景點，韓國全國都有美麗的櫻花能夠欣賞！在出發去韓國賞櫻之前，不妨上網查詢櫻花盛開的時間喔！

◆夏季（6月～8月）

在夏季，會不會很想清涼一下呢？韓國的海水浴場也是很知名的，像是大川海水浴場、海雲臺海水浴場、廣安里海水浴場等都是熱門景點，夏季去自由行時不妨考慮看看。不過韓國夏季不只要注意高溫，也要小心梅雨季節喔，在出發前要先確認過當天天氣喔！

◆秋季（9月～11月）

秋季則是賞楓、賞銀杏的好季節，每年的黃金賞楓期大約落在10月中到11月中，從北到南都有楓葉和銀杏可賞，可以考慮去雪嶽山國家公園、德壽宮、南怡島、周王山國立公園等地方喔！

◆冬季（12月～2月）

　　冬季去韓國，要記得準備好保暖衣物，然後就可以去賞雪啦！像是大關嶺、太白山都是熱門的賞雪景點。除了賞雪、玩雪外，也可以享受韓國的慶典與活動，如首爾燈節、釜山海雲台燈會等。

地鐵、公車、交通卡，去韓國怎麼搭車？

　　自由行面臨的最大問題就是交通了，韓國的地鐵、公車、高鐵和交通卡一定要在出發前先搞懂！以下簡單介紹：

◆地鐵

　　韓國一共有5個城市有地鐵，分別為首爾、釜山、大邱、大田、光州。首爾的地鐵是最發達的，連接了金浦機場和仁川機場，也銜接各大火車站，當然也能抵達首都圈的著名景點！

◆公車

　　地鐵雖然方便，但是有些景點會離地鐵站有一段距離，這時候就需要搭配公車了。韓國的公車有：行經當地幹線的藍色公車、行駛次要支線的綠色公車、在特定觀光區域行駛的黃色循環巴士，以及跨越城市的紅色廣域巴士。在韓國自由行時，事先確定好該怎麼搭配公車和地鐵的路線，就能讓旅途更順暢！

◆高鐵

　　想要在韓國跨城市快速移動的話，首推KTX（韓國高速鐵道），想要買票的話，可以現場購票、KTX官網購票、Korail App購票，能夠提前30天買票。如果想買票卻不會韓文也沒關係，官網和APP都有提供簡體中文！在預訂車票的時候，務必輸入正確的英文護照拼音姓名、電子信箱和密碼，之後需要更改車票或退費，都需要這些資訊。

◆交通卡

　　在韓國自由行，準備一張交通卡可以讓行程更簡便，還能享有優惠！韓國交通卡普及率最高的是T-Money，無論是搭公車或是搭地鐵都能使用，甚至是計程車或有T-money標誌的商店都可以使用，使用起來就像是台灣的悠遊卡。除了T-Money外，也可以購買Cashbee卡或首爾轉轉卡（Discover Seoul Pass），Cashbee卡就像T-Money一樣是當地人常用的交通卡，而首爾轉轉卡則是可以暢遊景點的交通卡，在三天內可以免費進出多個熱門景點，也可以免費搭乘部分巴士，是自由行時可以考慮購買的交通卡！

◆計程車

　　韓國的計程車分成一般計程車和國際計程車。一般計程車就是當地人搭乘的計程車，司機不一定能夠講外語，所以要搭乘的話最好還是要會一些韓語，一般計程車的車身顏色可能是銀色、白色或橘色的。而國際計程車的司機都會講外語，且依顏色分成兩種：一種是橘色的，另一種是黑色的模範計程車。橘色計程車的收費比一般計程車高，黑色的模範計程車收費就更昂貴了，但司機會有10年以上的無肇事紀錄。

 出發去韓國前，一定要做好的準備

　　想要有愉快的旅行，事先準備就要盡可能萬全，交通路線要先規劃好，旅館住宿也要先確認，護照、身分證這些個人證件更要確定有沒有放進行李箱，除此之外也要注意攜帶變壓器和韓幣喔，而不能帶出國的物品，也記得拿出行李箱！

◆韓國電壓

　　自由行時我們可能會需要替行動電源和手機充電，也可能會自行攜帶小電器，這時候就要注意韓國的電壓和台灣是不同的！台灣電壓一般是110V，但韓國電壓為220V，因此去韓國前務必要準備插座轉接頭給電腦和手機充電使用，但只適用110V的台灣電器就別帶去韓國了，以免發生危險。

◆韓幣兌換

　　如果忘了先在台灣兌換韓幣也沒關係，抵達韓國後除了可以在機場換錢，也可以去明洞的換錢所換錢，匯率會比在機場換錢還要划算一些。如果抵達明洞的時間太晚也不必擔心，還有24小時營運的自助換錢所可以換錢！

◆重要物品記得帶

　　出發去韓國前，先檢查看看行李箱，有沒有漏了重要物品忘記帶！以下提供簡單清單，準備好的話就打勾吧！

- [ ] 護照　　　　　　　　　　[ ] 身分證
- [ ] 訂房憑證　　　　　　　　[ ] 交通卡
- [ ] 網卡　　　　　　　　　　[ ] 韓幣
- [ ] 可海外刷卡的信用卡　　　[ ] 手機
- [ ] 行動電源　　　　　　　　[ ] 轉接頭
- [ ] 個人藥品（含感冒藥品、胃藥等）
- [ ] 盥洗用具
- [ ] 貼身衣物、保暖衣物、免洗衣物

Chapter 1 ✈

韓國我來了！
飛往國外篇

01 報到劃位
체크인

韓國我來了！臨場感100%情境對話 — 🔘 *Track 001*

A: 저기요, 대한항공 체크인 카운터가 어디에 있어요?
jeogiyo, daehanhang-gong chekeu-in kaunteoga eodie iss-eoyo?

A: 請問大韓航空的報到櫃台在哪裡？

B: 3층17번 카운터로 가세요.
samcheungsibchilbeon kaunteolo gaseyo.

B: 在三樓，17號櫃台。

A: 네, 감사합니다.
ne, gamsahabnida.

A: 好的，謝謝。

(체크인 카운터앞에서) ·····

（報到櫃台）·····

A: 체크인이요.
chekeu-in-iyo.

B: 請幫我辦理報到手續。

B: 네, 여권과 항공권 주세요. 혹시 맡기실 짐이 있습니까?
ne, yeogwongwa hang-gong-gwon juseyo. hogsi matgisil jim-i issseubnigga?

A: 好的。請給我您的護照和機票。您有需要托運行李嗎？

A: 네, 이거요.
ne, igeoyo.

B: 有，這個。

B: 오랫동안 기다리셨습니다! 여권을 먼저 돌려드리겠습니다. 탑승권 여기 있습니다. 그리고, 탑승구는 A8입니다.
olaesdong-an gidalisyeossseubnida! yeogwon-eul meonjeo dollyeodeuli gessseubnida. tabseung-gwon yeogi issseubnida. geuligo, tabseung-guneun Apal-ibnida.

A: 讓您久等了！護照先還給您，這張是您的登機證，還有，登機口在A8。

韓國我來了！──飛往國外篇

Chapter
1

Part 1

Part 2

Part 3

在機場

01 報到劃位 체크인

韓國我來了！實用延伸單句會話 🔘 *Track 002*

辦理報到手續時候用

KE 123 체크인 수속이 몇 시에 시작하나요?
KE123 chekeu-in susog-i myeoch sie sijaghanayo?
請問幾點會開始辦理KE 123的登機手續？

이제 체크인 수속을 시작하겠습니다.
ije chekeu-in susog-eul sijaghagessseubnida.
現在開始辦理報到手續。

選擇座位的時候用

좌석 좀 지정하고 싶은데요.
jwaseog jom jijeonghago sip-eundeyo.
我想指定座位。

창가쪽 좌석이랑 복도쪽 좌석중 어디가 좋으세요?
chang-gajjog jwaseog-ilang bogdojjog jwaseogjung eodiga joh-euseyo?
您想要靠窗的座位，還是靠走道的座位呢？

창가쪽 좌석으로 해 주세요.
chang-gajjog jwaseog-eulo hae juseyo.
請給我靠窗的座位。

想跟旅伴一起坐的時候用

같이 앉게 해 주실 수 있으세요?
gat-i anjge hae jusil su iss-euseyo?
能把我們的座位排在一起嗎？

韓國我來了！補充單字 *Track 003*

▶공항 gonghang 機場

▶여권 yeogwon 護照

▶항공권/비행기표 hang-gong-gwon/bihaeng-gipayo 機票

▶e-티켓 e-tiket 電子機票

▶탑승권 tabseung-gwon 登機證

▶짐/수하물 jim/suhamul 行李

▶카트 kateu 手推車

▶체크인 chekeu-in 報到

▶수속 suseog 手續

▶지정하다 jijeonghada 指定

▶좌석 jwaseog 座位

韓國我來了！──飛往國外篇

Chapter
1

Part 1

Part 2

Part 3

在機場

01 報到劃位 체크인

溫馨小提示

出境登機的流程

▼

1. 辦理登機

準備好護照（毋須簽證，因為現在到韓國旅遊簽證免費，且為期3個月），在飛機起飛前兩小時抵達機場，找到指定的航空公司櫃檯報到、託運行李，領取登機證和行李吊牌。

2. 通過安檢

向安檢人員出示護照、登機證，將隨身行李放到X光輸送帶上（若行李中有電子產品、液體或違禁物品，必須取出，放入另一個安檢的塑膠盒中），並等待指示通過安檢閘門。

3. 護照查驗

準備好護照、登機證，等待海關人員示意後向前，查驗身份後會蓋下出境章，進入出境大廳。

4. 等待登機

到了出境大廳，建議先根據登機證上的標示，或是登機看板上的資訊，找到指定登機門。若距離登機還有段時間，可以先逛逛沿街的免稅店。

5. 登機

登機時間即將到達時，就可前往登機門等待，時間一到，機場就會廣播登機的航班以及登機旅客的順序，一般來說會由頭等艙的旅客先登機，而後是商務艙，最後才是經濟艙。

02 行李託運
짐 맡기기

韓國我來了！臨場感100%情境對話 ▶ *Track 004*

A: 맡길 짐이 있으세요?
matgil jim-i iss-euseyo?

B: 이 캐리어요.
i kaelieoyo.

A: 이 캐리어이위에 놓아 주세요.
i kaelieo iwí-e noh-a juseyo.

B: 네.
ne.

A: 이 캐리어안에 라이터와 보조 배터리가 들어 있습니까?
i kaelieoan-e laiteowa bojo baeteoliga deul-eo issseubnigga?

B: 아니요.
aniyo.

A: 짐이 20킬로그램 이하면 무료 위탁이 가능합니다. 고객님의 수하물이 21킬로그램으로 1킬로그램 초과됐습니다. 이렇게 위탁하면 과적 추가 요금을 주셔야 합니다. 어떻게 하겠습니까?
jim-i isibkillogeulaem ihamyeon mulyo witag-i ganeunghabnida. gogaegnim-e suhamul-i isib-il)killogeulaem-eulo hankillogeulaem chogwadwaessseubnida. ileohge witaghamyeon gwajeog chuga yogeum-eul jusyeoya habnida. eoddeohge hagessseubnigga?

B: 그럼 좀 기다려 주세요. 제가 물건꺼낼게요.
geuleom jom gidalyeo juseyo. jega mulgeon ggeonaelgeyo.

A: 您有要託運的行李嗎？

B: 這個行李箱。

A: 請將行李放到這上面。

B: 好。

A: 裡面有放打火機或行動電源嗎？

B: 沒有。

A: 可以免費託運的行李是到20公斤，您的行李是21公斤，超重了1公斤。如果就照這樣託運的話，我們將會向您收取超重費。您想怎麼做呢？

B: 那就稍等我一下，我拿一些東西出來。

韓國我來了！實用延伸單句會話 *Track 005*

拖用行李的時候用	캐리어 몇 개 맡길 수 있어요? kaelieo myeoch gae matgil su iss-eoyo? 最多可以托運幾個行李？

짐 한도는 한 사람당 몇 킬로로 제한을 두고 있어요?
jim handoneun han salamdang myeoch killolo jehan-eul dugo iss-eoyo?
每人行李最多可以託運幾公斤？

이것도 맡길 수 있어요?
igeosdo matgil su iss-eoyo?
這個可以託運嗎？

行李超重的時候用	과적 추가 요금이 얼마예요? gwajeog chuga yogeum-i eolmayeyo? 超重費是多少？

行李中有易碎物品的時候用	"깨지기 쉬움" 스티커를 붙여 주세요. "ggaejigi swium"seutikeoleul but-yeo juseyo.. 請幫我貼上注意易碎品的貼紙。

提到隨身行李的時候用	휴대할 짐이 있습니까? hyudaehal jim-i issseubnigga? 您有要帶上機的行李嗎？

이거 가지고 비행기를 탈 수 있어요?
igeo gajigo bihaeng-gileul tal su iss-eoyo?
這個能帶上飛機嗎？

韓國我來了！補充單字 🔊 *Track 006*

- ▶**캐리어** kaelieo 行李箱
- ▶**가방** gabang 包包
- ▶**백팩** baegpaeg 後背包
- ▶**맡길 짐/수하물** matgil jim/suhamul 託運行李
- ▶**짐/수하물** jim/suhamul 行李
- ▶**킬로(그램)** killo(geulaem) 公斤
- ▶**수하물 한도** suhamul hando (行李)重量限制
- ▶**사이즈 한도** saijeu hando 大小限制
- ▶**초과** chogwa 過重
- ▶**추가 요금** chuga yogeum 超重費
- ▶**스티커** seutikeo 貼紙
- ▶**라이터** laiteo 打火機
- ▶**보조 배터리** bojo baeteoli 行動電源
- ▶**스프레이** seupeulei 噴霧罐

韓國我來了！——飛往國外篇

Chapter
1

Part 1
Part 2
Part 3

在機場

02

行李託運 짐 맡기기

關於攜帶行李應該注意的事

為了飛航安全，航空公司都會有針對託運行李和隨身行李的件數、重量和體積等，各有不同的限制。

一般來說，託運行李的規定比較嚴格，只要違規就必須繳交大筆的超重費，而隨身行李則容許些微的浮動。不過，乘客依然要以航空公司的規定為準，例如：大部分的廉價航空可能需要另外付費購買託運行李的服務。

如果有需要攜帶大量行李的旅客，可以預先購買行李重量，並且先在家裡秤重行李，確定重量在規定的範圍內，避免出國當天到櫃台託運時才發現行李超重。

03 安全檢查
안전검사

入境边防检查·入国审查
입국심사
Immigration

韓國我來了！臨場感100%情境對話　🎵 *Track 007*

A: 수하물을 바구니안에 넣고 계속 앞으로 가세요.
수하물안에 노트북이나 태블릿이 있습니까?
suhamul-eul bagunian-e neohgo gyesog ap-eulo gaseyo.
suhamul-an-e noteubug-ina taebeullis-i issseubnigga?

A: 請將行李放進托盤裡然後繼續往前。
裡面有放筆電或平板電腦嗎？

B: 네.
ne.

B: 有。

A: 꺼내서 이 바구니안에 넣어 주세요.
외투도 벗어 다른 바구니안에 넣어 주세요.
ggeonaeseo i bagunian-e neoh-eo juseyo. oetudo beos-eo da-leun bagunian-e neoh-eo juseyo

A: 麻煩您拿出來放進托盤裡。外套也要請您脫下放進另一個托盤裡。

B: 스마트폰도요?
seumateupondoyo?

B: 那智慧型手機呢？

A: 스마트폰은 꺼내지 않아도 됩니다.
seumateupon-eun ggeonaeji anh-ado doebnida.

A: 智慧型手機不必拿出來。

B: 알겠습니다.
algesssseubnida.

B: 我知道了。

A: 앞으로 가세요.
ap-eulo gaseyo.

A: 請前進。

韓國我來了！──飛往國外篇

Chapter
1

Part 1
Part 2
Part 3

▼
在機場

03
安全檢查 안전검사

韓國我來了！實用延伸單句會話 Track 008

安檢指示的時候用

신발을 벗어 주세요.
sinbal-eul beos-eo juseyo.
請脫鞋。

주머니안에 물건을 꺼내 주세요.
jumeonian-e mulgeon ggeonae juseyo.
請拿出口袋中的物品。

벨트를 풀어 주세요.
belteuleul pul-eo juseyo.
請解下皮帶。

詢問是否攜帶液體的時候用

혹시 액체나 타입 물건 가지고 계세요?
hogsi aegchena taib mulgeon gajigo gyeseyo?
請問您有攜帶液狀類型的物品嗎？

談到違禁品的時候用

면도날과 가위같은 도구를 가지고
비행기에 탑승할 수 없습니다.
myeondonalgwa gawigat-eun doguleul gajigo
bihaeng-gie tabseunghal su eobs-seubnida.
刀片和剪刀等利器不可攜帶至機內。

용량 100밀리리터이하의
액상물질은 가지고 비행기에
탑승할 수 있습니다.
yonglyang baegmilliliteoihae aegsangmuljil-
eun gajigo bihaeng-gie tabseunghal su
isss
eubnida.
可攜進機內的液狀物僅限容量在100毫
升以下的物品。

處理違禁品的時候用

이것들은 기내에 못 가지고 가니까 모두 거기에
버려주세요.
igeosdeul-eun ginaee mos gajigo ganigga modu geogie
beolyeojuseyo.
由於這些東西不能帶進機內，請在那邊丟棄。

▶**안전검사** anjeongeomsa 安檢

▶**바구니** baguni 托盤、籃子

▶**컨베이어 (벨트)** keonbeieo (belteu) 輸送帶

▶**엑스레이** egseulei X光檢查

▶**금속 탐지기** geumsog tamjigi 金屬探測機

▶**신체 검사** sinche geomsa 身體檢查

▶**도구** dogu 利器

▶**액상** egsang 液體

▶**끈적한 액체** ggeunjeoghan aegche 凍狀、膠狀

▶**밀리리터** milliliteo 毫升

▶**금속** geumsog 金屬

▶**가지고** gajigo 攜帶

▶**버리다** beolida 丟棄

▶**처리하다** cheolihada 處理

溫馨小提示

機場安檢的違禁物品：

▼

❶ 刀類：指甲剪、水果刀、餐刀、美工刀等。

❷ 易燃物品：打火機、殺蟲劑、噴霧劑等。

❸ 包裝容量100毫升以上的液體。

❹ 飲用水、飲料等。

❺ 農作物和食物原料：鮮肉、水果、蔬菜等。

04 航班延誤
비행기 연착하기

A: 승객 여러분에게 알립니다. KE 123 비행기가 연착돼서 이륙시간은 지연 됐습니다.
seung-gaeg yeoleobun-ege allibnida. KE 123 bihaeng-giga yeonchagdwaeseo ilyugsigan-eun jiyeon dwaessseubnida.

A: 各位旅客請注意，KE123號班機將延遲起飛。

B: 비행기 왜 연착됐어요?
bihaeng-gi wae yeonchagdwaess-eoyo?

B: 為什麼會誤點呢？

A: 날씨가 안 좋기 때문에 연착됐습니다.
nalssiga an johgi ddaemun-e yeonchagdwaessseubnida.

A: 是由於天候不佳。

B: 그럼 몇 시에 이륙할 예정인가요?
geuleom myeoch sieilyughal yejeong-ingayo?

B: 那預計幾點會出發呢？

A: 저도 정확한 시각을 알지 못 합니다. 하지만 날씨가 좋아지면 바로 이륙할 예정입니다.
jeodo jeonghwaghan sigag-eul alji mos habnida. hajiman nalssiga joh-ajimyeon balo ilyughal yejeong-ibnida.

A: 我無法回答您確切的出發時間，不過待天候狀況回穩就會立即出發。

(한참 뒤)

（過了一會……）

A: 승객 여러분에게 알립니다. KE 123 비행기가 이륙할 시각은 12:20입니다. 다시 한번 알립니다. KE 123 비행기가 이륙할 시각은 12:20입니다.
seung-gaeg yeoleobun-ege allibnida. KE 123 bihaeng-giga ilyughal sigag-eun yeoldusi isibbun-ibnida. dasihanbeon allibnida. KE 123 bihaeng-giga ilyughal sigag-eun yeoldusi isibbun-ibnida.

A: 各位旅客請注意，KE123號班機新的起飛時間為12:20。重複一次，KE123號班機新的起飛時間為12:20。

詢問起飛時間
的時候用

몇 시에 이륙하나요?
myeot sie ilyughanayo?
起飛時間是幾點？

제시간에 이륙하나요?
jesigan-e ilyughanayo?
會準時起飛嗎？

起飛時間變更
的時候用

이륙할 시간은 12:20으로 변경됐습니다.
ilyughal siganeun yeoldusi isibbuneulo byeongyeongdwaessseubnida.
起飛時間變更至12:20。

航班延誤的時
候用

몇 시에 비행기 다시 이륙해요?
myeot sie bihaeng-gi dasi ilyughaeyo?
(誤點後)幾點才會起飛呢？

이렇게 계속 기다리면 제가 못 갈아탈 것 같아요…
ileohge gyesog gidalimyeon jega mos gal-atal geos gat-ayo…
這樣繼續等下去的話我會趕不上轉機……

비행기 연착 증명서를 주세요.
bihaeng-gi yeonchag jeungmyeongseoleul juseyo.
請幫我開立航班延誤證明。

다른 항공회사 운항편으로 바꿔 타도 돼요?
daleun hang-gonghoesa unhangpyeon-eulo baggwotado dwaeyo?
可以改搭其他公司的航班嗎？

연착 증명서를 카운터에서 신청하세요.
yeonchag jeungmyeongseoleul kaunteoeseo sincheonghaseyo..
航班延誤證明要麻煩您至櫃台申請。

航班停飛的時
候用

오늘 대한항공 모든 운항편은 취소됐습니다.
oneul daehanhang-gong modeun unhangpyeoneun chwisodwaessseubnida.
今天大韓航空的航班全面停飛。

KE 123 번 비행기가 기계 고장때문에 비행은 정지했습니다.
KE123beon bihaeng-giga gigye gojangddaemun-e bihaeng-eun jeongjidwaessseubnida.
由於機械故障，KE 123號班機將停飛。

在機場

04 航班延誤 비행기 연착하기

韓國我來了！補充單字   *Track 012*

▶**항공편** hang-gongpyeon 班次

▶**시간표** siganpyo 時刻表

▶**이륙 시간** ilyug sigan 起飛時間

▶**연착** yeonchag 延遲

▶**취소되다** chwisodoeda 停飛、停駛

▶**늦게 도착하다** neujge dochaghada
　延遲、遲到

▶**놓치다** nohchida 沒趕上

▶**연착 증명서** yeonchag jeungmyeongseo 航班延誤證明

▶**바꿔 타다** baggwo tada 臨時改搭

▶**날씨가 좋지 않다** nalssiga johji anhda
天候不佳

▶**기계 고장** gigye gojang 機械故障

▶**신청하다** sincheonghada 申請

▶**다시 한번** dasi hanbeon 再一次

▶**불편** bulpyeon 麻煩

溫馨小提示

有關航班延誤的保險與理賠：

搭飛機時如果遇到航班誤點或者班機取消的事件而產生額外的交通、食宿費用該怎麼辦？如果有在出國前有刷卡買機票，或者投保旅行不便險的話，就不用擔心產生太多額外費用了，但是，要注意所保的旅行不便險的理賠範圍，先比較幾家保險公司後再找出理賠範圍符合自己需求的旅行不便險。

05

更改機票、退票

항공권 변경하기 및 취소하기

韓國我來了！臨場感100%情境對話 ▶ 💿 *Track 013*

A: 죄송한데 제가 비행기를 놓쳤어요, 비행기 표를 다음 항공편으로 바꿔해도 될까요?

joesonghande jega bihaeng-gileul nohchyeosseoyo, bihaeng-gi pyoleul da-eum hang-gongpyeoneulo baggwohaedo doelggayo?

A: 不好意思，我錯過了班機，有辦法改成下一班嗎？

B: 이 상황에 고객님의 항공권은 기한을 넘기면 사용할 수 없습니다. 그래서 제가 이항공권을 변경하지 못 합니다. 정말 죄송합니다.

i sanghwang-e gogaengnim-e hang-gong-gwon-eun gihan-eul neomgimyeon sayonghal su eobs-seubnida. geulaeseo jega ihang-gong-gwon-eul byeongyeonghaji mos habnida. jeongmal joesonghabnida.

B: 非常抱歉，這種情況下您手邊的機票將直接作廢，所以無法為您更改航班。

A: 제가 표를 다시 사야 한단 말이에요?

jega pyoleul dasi saya handan mal-ieyo?

A: 意思是我只能重新買票了嗎？

B: 그렇습니다.

geuleohseubnida.

B: 是的。

A: 어쩔수 없죠. 다른 항공편이 몇 시에 이륙해요?

eojjeolsu eobsjyo. daleun hang-gongpyeon-i myeoch sie ilyughaeyo?

A: 這也沒辦法了。下一班預計何時起飛呢？

B: 3 시간후입니다.

set siganhu-ibnida.

B: 3小時後。

A: 빈 자리가 아직 있어요?

bin jaliga ajig iss-eoyo?.

A: 還有空位嗎？

B: 네, 있습니다.

ne, issseubnida.

B: 還有。

A: 그럼 표 한 장 주세요.
geuleom pyo han jang juseyo.

A: 那就給我一張票吧。

B: 네, 알겠습니다.
ne, algessseubnida.

B: 好的。

▼ 在機場

⑤ 更改機票、退票 항공권 변경하기 및 취소하기

韓國我來了！實用延伸單句會話 📀 *Track 014*

變更機票時間的時候用

제가 항공편을 바꾸고 싶어요.
jega hang-gongpyeon-eul baggugo sip-eoyo.
我想更改班機。

이 항공권을 내일 같은 시간 항공편으로 바꿔
주시겠어요?
i hang-gong-gwon-eul naeil gat-eun sigan hang-gongpyeon-eulo
baggwo jusigess-eoyo?
可以幫我把這個班機改成隔天同樣時間的班機嗎？

升級座艙的時候用

비즈니스석으로 업그레이드해 주시겠어요?
bijeuniseuseog-eulo eobgeuleideuhae jusigess-eoyo?
能把座位升級成商務艙嗎？

辦理退票手續的時候用

비행기 표를 취소하려고 하는데요.
bihaeng-gi pyoleul chwisohalyeogo
haneundeyo.
我想退票。

취소 수수료를 내야 돼요?
chwiso susulyoleul naeya dwaeyo?
要付取消手續費嗎？

고객님의 항공권을 환불받지 못
해도 취소하겠습니까?
gogaegnim-e hang-gong-gwon-eul hwanbulbadji
mos haedo chwisohagessseubnigga?
您的票無法退款，即使如此您也要取
消搭機嗎？

▶항공편 hang-gongpyeon 班機

▶……을/를 놓치다 ……eul/leul nohchida 沒搭上……

▶변경하다 byeongyeonghada 變更

▶무효화되다 muhyohwadoeda 失效

▶……을/를 취소하다 ……eul/leul chwisohada 取消

▶취소 chwiso 取消

▶다음 da-eum 下一……

▶빈 자리/빈 좌석 bin jali/ bin jwaseog 空位

▶취소 수수료 chwiso susulyo 取消手續費

▶환불하다 hwanbulhada 退費

▶업그레이드하다 eobgeuleideuhada 升級

▶이코노미석/일반석 ikonomiseog/ ilbanseog 經濟艙

▶비즈니스석 bijeuniseuseog 商務艙

▶1등석 ildeungseog 頭等艙

溫馨小提示

更改機票與退票：

在韓國機場要求退票前，請先在網路詳閱訂票規則，通常因個人因素更改或退票必須付一筆手續費用，各家航空公司收費不一，但更改/退票的手續費一般如以下規則：去程改票N元；回程改票的話，同艙等不收費、如出現價差，除了價差以外，額外再收N元，而退票手續費N+（比改票高）元。但如果購買的是特價國際機票就要注意了，有些特價國際機票，因為有嚴格的限制條件，可能不允許改期，也不允許退票。所以購票前請務必確認更改/退票規則喔！

06 在登機門

탑승구에서

韓國我來了！臨場感100%情境對話 Track 016

A: 죄송한데 KE 123 항공편 탑승구 여긴데 왠지 한사람도 보이지 않아요.

joesonghande KE 123 hang-gongpyeon tabseung-gu yeoginde waenji hansalamdo boiji anh-ayo.

A: 不好意思，KE123號班機的登機門應該是在這邊，但是不知為何空無一人。

B: 네? 확실히 여기입니까?

ne? hwagsilhi yeogiibnigga?

B: 咦？確定是在這邊嗎？

A: 확실해요. 보세요, 이 탑승권에도 이렇게 쓰여 있는데요.

hwagsilhaeyo. boseyo, i tabseung-gwon-edo ileohge sseuyeo issneundeyo.

A: 對啊，你看，登機證上也是那樣寫的。

B: 조금만 기다리세요. 제가 물어보겠습니다.

jogeumman gidaliseyo. jega mul-eobogessseubnida.

B: 我去問問看，請您稍等一下。

A: 네. 감사합니다.

ne. gamsahabnida.

A: 好，謝謝你了。

B: 아까 안내방송은 탑승구가A8로 바뀐다고 했습니다.

agga annaebangsong-eun tabseung-gugaA8lo baggwindago haessseubnida

B: 據說剛才有廣播說改到A8登機門了。

A: 그래요? 알겠습니다. 감사합니다.

geulaeyo? algessseubnida. gamsahabnida.

A: 這樣啊，我知道了。謝謝。

韓國我來了！實用延伸單句會話 *Track 017*

尋找登機門的時候用	**KE 123 탑승구에 어떻게 가요?** KE 123 tabseung-gue eotteohge gayo? 請問KE 123號班機的登機門要怎麼去？
	KE 123 탑승구가 여기예요? KE 123 tabseung-guga yeogiyeyo? 請問KE 123號班機的登機門是這裡嗎？
詢問登機時間的時候用	**KE 123 탑승 수속이 언제 시작돼요?** KE 123 tabseung susos-i eonje sijagdwaeyo? 請問KE 123號班機幾點開始辦理登機手續？
班機延誤的時候用	**항공편이 연착됐기때문에 탑승 수속이 지연 됐습니다.** hang-gongpyeon-i yeonchagdwaessgittaemun-e tabseung susog-i jiyeon dwaesssseubnida. 登機手續目前因班機誤點的緣故延後辦理。
開始登機的時候用	**KE 123 항공편 탑승을 시작하겠습니다, 고객님은 신속히 탑승구에 오시기 바랍니다.** KE 123 hang-gongpyeon tabseung-eul sijaghagessseubnida, gogaegnim-eun sinsoghi tabseung-gue osigi balabnida. KE 123號班機即將開始登機，欲搭乘的旅客請儘早前往登機口。

**서울로 가는 대한항공KE 123 항공편은 지금부터
탑승을 시작하겠습니다.**
seoullo ganeun daehanhang-gongKE 123 hang-gongpyeon-eun jigeumbuteo tabseung-eul sijaghagessseubnida.
大韓航空KE 123號飛往首爾的班機現在開始登機。

미리 탑승권과 여권을 준비해 두세요.
mili tabseung-gwongwa yeogwon-eul junbihae duseyo.
請事先準備好您的登機證與護照。

韓國我來了！——飛往國外篇

Chapter
1

Part 1
Part 2
Part 3

在機場

06 在登機門 탑승구에서

韓國我來了！補充單字 🎵 *Track 018*

▶**탑승구** tabseung-gu 登機門

▶**라운지/대합실** launji/daehabsil 候機室

▶**브이아이피 라운지** beu-iaipi launji
貴賓室

▶**항공편 번호** hang-gongpyeon beonho
班機號碼

▶**방송** bangsong 廣播

▶**탑승안내** tabseung-annae 登機指示

▶**연착되다** yeonchagdoeda
延遲抵達、誤點

▶**연착하다** yeonchaghada 延後

▶**시작하다** sijaghada 開始

▶**지금부터** jigeumbuteo 現在開始

▶**신속히** sinsoghi 提早、快點

▶**미리** mili 事先

▶**준비하다** junbihada 準備

溫馨小提示

挑選飛機座位：

如果剛好分配到緊急出口旁邊的位子，就有個前後沒有人的好處，可以放心地把腳伸得很長，離開位子伸展筋骨時也不用跨過旁邊的人。但請注意，坐在緊急出口旁的人有個責任，必須知道要如何打開緊急出口。如果你在緊急情況下不知道操作方法，不僅自己的安全受到威脅，還會給別人帶來危險。緊急出口的安全門非常重，因此機組員也偏好選擇力氣夠大的乘客坐在緊急出口旁邊的位子。

01 尋找座位

좌석 찾기

韓國我來了！臨場感100%情境對話 — 🔊 *Track 019*

A: 저기요, 제 좌석이 어디에 있어요?
jeogiyo, je jwaseog-i eodie iss-eoyo?

B: 고객님의 좌석 번호가 뭡니까?
go-gaegnim-e jwaseog beonhoga mwobnikka?

A: 21D예요.
isib-il Dyeyo.

B: 이 쪽으로 가시면 오른쪽에 있습니다.
i jjog-eulo gasimyeon oleunjjog-e issseubnida.

A: 네. 알겠습니다. 감사합니다.
ne. algessseubnida. gamsahabnida.

(좌석에 도착했다)

B: 죄송한데 이 좌석이 제 자리예요.
joesonghande i jwaseog-i je jaliyeyo.

A: 아! 죄송합니다. 제가 잘못 앉았어요.
a! joesonghabnida. jega jalmot anj-ass-eoyo.

A: 不好意思，請問我的座位在哪？

B: 您的座位號碼是幾號呢？

A: 21D。

B: 從這邊的走道往前走，在您的右手邊。

A: 我知道了，謝謝。

（抵達座位）

A: 不好意思，這裡應該是我的座位。

B: 啊，對不起，我坐錯了

韓國我來了！──飛往國外篇

Chapter
1

Part 1
Part 2
Part 3

▼
在飛機上

01
尋找座位 좌석 찾기

韓國我來了！實用延伸單句會話 🎧 *Track 020*

尋找座位的時候用

좌석 21D가 어디에 있어요?
jwaseog isib-ilDga eodie iss-eoyo?
請問21D在哪裡？

21D는 이 쪽으로 가면 되나요?
isib-ilDneun i jjog-eulo gamyeon doenayo?
21D是從這條走道過去嗎？

죄송한데 제 좌석까지 데려다 주시겠어요?
joesonghande je jwaseogkkaji delyeoda jusigess-eoyo?
可以請你帶我到位子上嗎？

좌석 번호가 뭡니까?
jwaseog beonhoga mwobnikka?
您的座位號碼是幾號呢？

確認座位的時候用

이 좌석이 제 자리예요.
i jwaseog-i je jaliyeyo.
這應該是我的位子。

▶**승무원** seungmuwon 空服員

▶**기장** gijang 機長

▶**부기장** bugijang 副機長

▶**좌석 번호** jwaseog beonho
　座位號碼

▶**복도** bogdo 走道

▶**오른쪽** oleunjjog 右手邊

▶**왼쪽** oenjjog 左手邊

▶**데려다** delyeoda 引導

▶**안전 벨트** anjeon belteu 安全帶

▶**수화물 칸** suhwamul kan 行李收納櫃

溫馨小提示

如何找座位：

飛機座位的劃分是根據飛機的型號及座位排列形式來定。一般情況下，中小型客機為每排4～6個位子，中間為通道，大型客機或寬體客機的經濟艙為雙通道，每排7～9個座位。首先，了解自己的座位是頭等艙還是商務艙、經濟艙，就可以大概先知道位子在飛機前段、後段還是二樓（有些飛機不只一層），至於座位在左邊通道還是右邊通道等資訊該如何得知呢？請放心，機上微笑的空服員一般都會在一上機時就很熱心地告訴您如何儘快找到自己的座位！

02 調換座位
좌석 바꾸기

韓國我來了！臨場感100%情境對話 🎵 *Track 022*

A: 죄송한데요.
joesonghandeyo.

B: 무슨 일이 있으세요?
museun il-i iss-euseyo?

A: 제가 가족들함께 앉고 싶은데 제 좌석
자리가 따로 있어요.
혹시 저와 좌석 바꿔 주시겠어요?
jega gajogdeulhamkke anjgo sip-eunde je jwaseog
jaliga ttalo iss-eoyo.
hogsi jeowa jwaseog baggwo jusigess-eoyo?

B: 아가씨 좌석이 어디에 있어요?
agassi jwaseog-i eodie iss-eoyo?

A: 이 좌석이 두칸 앞이에요.
i jwaseog-i dukkan-appieyo.

B: 알겠습니다. 그럼 좌석 바꿉시다.
algessseubnida. geuleom jwaseo baggubsida.

A: 정말 감사합니다.
jeongmal gamsahabnida.

A: 不好意思，打擾一下。

B: 有什麼事嗎？

A: 我想和家人坐在一起，但我們的座位被分開了。
您是否願意跟我換個位子呢？

B: 小姐妳的座位在哪？

A: 往前兩排的同一個位置。

B: 我知道了，那我們交換吧。

A: 真是太感謝了。

韓國我來了！實用延伸單句會話 🎵 *Track 023*

調換座位的時候用

제가 이빈자리에 앉아도 돼요?
jega ibinjalie anj-ado dwaeyo?
我能換到這個空位去嗎？

화장실 근처에 빈 자리가 있어요? 제가 거기에 앉고
싶어요.
Hwajangsil geuncheoe bin jaliga iss-eoyo? jega geogie anjgo sip-
eoyo.
有靠近廁所的空位嗎？我想坐到那裡去。

죄송한데 이 항공편은 빈 좌석이 없습니다.

joesonghande I hang-gongpyeon-neon bin jwaseog-i eobs-seubnida.

非常抱歉，本機的座位全坐滿了。

拒絕更換座位
的時候用

바꿀 수 없습니다.

bakkul su eobs-seubnida.

對不起，沒辦法換耶。

저희 일행이에요.

jeohui ilhaeng-ieyo.

我們是一起的。

복도쪽의 좌석이 아니면 안될 것 같아요.

bodogjjog-ui jwaseog-i animyeon andoel geos gat-ayo.

如果不是靠走道的位子就沒辦法耶。

韓國我來了！補充單字　🎧 *Track 024*

▶**바꾸다** bagguda 交換

▶**비다** bida 空下、空出（座位）

▶**빈 좌석/빈 자리** bin jwaseog/bin jali 空位

▶**만석/만원** man-seog/man-won 座位全滿

▶**변경하다/바꾸다** byeongyeonghada/bakkuda
（位置）移動

▶**따로** ddalo 分開地

▶**같이/함께** gat-i/hamgge 一起

▶**가족** gajog 家人

▶**친구** chingu 朋友

▶**여자친구（여친）** yeojachingu (yeochin) 女友

▶**남자친구（남친）** namjachingu (namchin) 男友

▶**일행** ilhaeng 同行者

03 機上服務
기내서비스

韓國我來了！臨場感100%情境對話 ▶ *Track 025*

A: 안녕하세요. 오늘 점심은 고객 여러분을 위해 한식과 양식을 준비했습니다.
annyeonghaseyo. oneul jeomsim-eun gogaeg yeoleobun-eul wihae hansiggwa yangsig-eul junbihaessseub nida.

A: 您好，今天午餐為您準備了韓式和西式兩種餐點。

한식은 매운 돼지고기이고 양식은 생선 요리입니다.
hansig-eun maeun dwaejigogiigo yangsig-eun saengseon yoliibnida.

韓式的部分為您準備的是辣豬肉料理，西式的部分則是魚肉料理。

뭘 드시겠습니까?
mwol deusigessseubnikka?

您想要哪一種呢？

B: 응…한식을 주세요.
eung…hansig-eul juseyo.

B: 嗯……韓式的。

A: 네. 그리고 무슨 음료수 드실래요?
ne. geuligo museun eumlyosu deusillaeyo?

A: 好的。您飲料想要喝些什麼呢？

B: 뭐가 있어요?
agassi jwaseog-i eodie iss-eoyo?

B: 有什麼？

A: 사이다, 오렌지 주스와 사과 주스가 있고 주류는 맥주와 와인이 있어요.
saida, olenji juseuwa sagwa juseuga issgo julyuneun maegjuwa wain-i iss-eoyo.

A: 有汽水、柳橙汁、蘋果汁。酒類的有啤酒和紅酒。

B: 그럼 사과 주스를 주세요.
geuleom sagwa juseuleul juseyo.

B: 那就蘋果汁。

A: 네. 맛있게 드세요.
ne. mas-issge deuseyo.

A: 好的。請慢用

韓國我來了！實用延伸單句會話 🎬 Track 026

餐飲服務的時候用
기내식은 언제 나오나요?
ginaesig-eun eonje naonayo?
請問何時會送餐？

한잔 더 드시겠습니까?
hanjan deo deusigessseubnikka?
請問要再來一杯嗎？

식판 좀 치워 주실 수 있으세요?
sigpan jom chiwo jusil su iss-euseyo?
能請你把餐盤收掉嗎？

闔眼休息的時候用
기내식 나오면 저를 깨워 주세요.
ginaesig naomyeon jeoleul ggaewo juseyo.
送餐的時候請叫醒我。

기내식이 나와도 저를 깨우지 마세요.
ginaesig-i nawado jeoleul ggaeuji maseyo.
就算到了用餐時間也不要叫醒我。

索取物品的時候用
담요 하나 더 주세요.
dam-yo hana deo juseyo.
請再給我一條毛毯。

중국어 잡지가 있어요?
jung-gug-eo jabjiga iss-eoyo?
請問有中文雜誌嗎？

談論電子設備的時候用
언제 전자제품을 사용할 수 있어요?
eonje jeonjajepum-eul sayonghal su iss-eoyo?
電子產品何時能開始使用呢？

韓國我來了！——飛往國外篇

Chapter
1

Part 1
Part 2
Part 3

在飛機上

③ 機上服務　기내서비스

韓國我來了！補充單字 🎵 *Track 027*

▶**한식** hansig 韓式料理

▶**양식** yangsig 西式料理

▶**준비하다** junbihada 準備

▶**담요** dam-yo 毛毯

▶**쿠션** kusyeon 枕頭

▶**귀마개** gwimagae 耳塞

▶**헤드폰** hedeupon 頭戴式耳機

▶**신문** sinmun 報紙

▶**영화** yeonghwa 電影

▶**전자제품** jeonjajepum 電子產品

▶**깨우다** kkaeuda 叫醒

▶**스크린** seukeulin 螢幕

▶**식탁** sigtag 餐桌

▶**기내식** ginaesig 飛機餐

▶**기내 판매** ginae panmae 機上販售

溫馨小提示

飛機餐口味：

▼

如果搭乘韓國航空公司的班機到韓國旅遊，機上通常會供應韓國口味或出發/目的地國家口味的餐點，例如從台灣起飛的班機，餐點的其中一款可能就是中/台式口味的料理；而韓國口味的餐點毫無意外，一律以辛辣為主，例如辣豬肉飯。如果口味上不習慣吃得太辣，建議向空服員問清楚再選擇中/台式餐點喔！

韓國我來了！在機艙內看的到的東西

수하물 칸　置物櫃

복도쪽　走道邊　　창가쪽　窗戶邊

손잡이　扶手　　창가　窗戶

좌석　座椅

승무원　空服員

048

韓國我來了！──飛往國外篇

Chapter
1

Part 1
Part 2
Part 3

在飛機上

❸ 機上服務 기내서비스

차양　遮陽板

안전벨트　安全帶　　　쿠션　枕頭

식탁　餐桌　　　스크린　螢幕　　　기내식　機上餐點

(등받이) 주머니　椅背的置物袋

멀미 봉투　嘔吐袋　　　헤드폰　頭戴式耳機　　　담요　毛毯

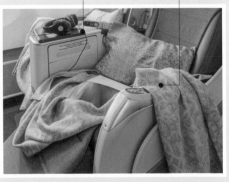

04 暈機不適
비행기멀미

韓國我來了！臨場感100%情境對話　🎧 *Track 028*

A: 무슨일이세요?
museun-il-iseyo?

B: 비행기 멀미가 날 것 같아요. 몸이 좀 안 좋아요.
bihaeng-gi meolmiga nal geos gat-ayo. mom-i jom an joh-ayo.

A: 약이 필요하세요?
yag-i pil-yohaseyo?

B: 네. 그리고 혹시 모르니까 멀미 대비해서 봉투도 주세요.
ne. geuligo hogsi moleunikka meolmi daebihaeseo bongtudo juseyo.

A: 네. 손잡이위에 있는 버튼을 누르면 의자등받이가 내려갑니다 편히 앉아 계시면 좀 나아 질 거예요.
ne. sonjab-iwie issneun beoteun-eul nuleumyeon uijadeungbad-iga naelyeogabnida pyeonhi anj-a gyesimyeon jom naa jil geoyeyo.

B: 네. 그렇게 하겠습니다.
ne. geuleohge hagessseubnida.

A: 怎麼了嗎？

B: 我好像暈機了，不太舒服。

A: 需要為您拿藥過來嗎？

B: 好。還有，以防萬一，請給我嘔吐袋。

A: 好的。按下扶手上的按鈕就能放下椅背，坐舒服一點我想應該會好一些。

B: 我會照做的。

韓國我來了！──飛往國外篇

Chapter
1

Part 1
Part 2
Part 3

▼
在飛機上

❹ 暈機不適　비행기멀미

韓國我來了！實用延伸單句會話　💿 *Track 029*

說明不適狀態的時候用

토 할 것 같아요.
to hal geos gat-ayo.
我想吐。

귀가 멍멍해요.
gwiga meongmeonghaeyo.
我在耳鳴。

비행기멀미때문에 머리가 어지러워요.
bihaeng-gimeolmittaemun-e meoliga eojileowoyo.
我因為暈機感到頭暈。

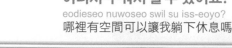

處理暈機的時候用

멀미약이 있어요?
meolmiyag-i iss-eoyo?
請問有暈機藥嗎？

멀미약을 주실 수 있으세요?
meolmiyag-eul jusil su iss-euseyo?
能給我暈機藥嗎？

어디서 누워서 쉴 수 있어요?
eodieseo nuwoseo swil su iss-eoyo?
哪裡有空間可以讓我躺下休息嗎？

▶~멀미　~meolmi　搭乘交通工具時產生的不適

▶비행기멀미　bihaeng-gimeolmi　暈機

▶배멀미　baemeolmi　暈船

▶차멀미　chameolmi　暈車

▶멀미약　meolmiyag　暈車藥

▶멀미 봉투　meolmi bongtu　嘔吐袋

▶내려놓다　naelyeonohda　放倒（椅背）

▶만일에 대비하다　man-il-e daebihada　以防萬一

▶몸이 불편하다　mom-i bulpyeonhada　身體不適

▶편해지다　pyeonhaejida　變輕鬆

▶귀가 멍멍하다　gwiga meongmeonghada　耳鳴

▶토하다　tohada　吐

▶머리가 어지럽다　meoliga eojileobda　頭暈

▶눕다　nubda　躺下

溫馨小提示

避免暈機的小撇步：

❶ 登機前至少服用500毫克的維生素。

❷ 在飛機起飛前4小時直到飛機降落期間，盡量少吃流質的食物。

❸ 控制含糖食物的攝取量。雖然吃含糖的食物會一下變得有精神，但還是要少吃。

❹ 因為在飛機上長時間坐著，所以要經常動動身體、搓手轉腳踝、伸個懶腰，促進血液循環。

❺ 隨身攜帶一些酸的零食點心，如酸梅、蜜餞、如果開始有輕微頭暈可以吃一點，紓解噁心感。

❻ 若頭暈變得稍微嚴重，可以按壓左手大拇指和食指中間凹陷處的合谷穴，多按壓幾次一樣可以達到紓解噁心、頭暈的效果。

05 找洗手間
화장실 찾기

A: 죄송한데 화장실이 어디에 있어요?
joesonghande hwajangsil-i eodie iss-eoyo?

B: 비행기 객실 뒤쪽에 있습니다. 고객님
모셔다 드릴까요?
bihaeng-gi gaegsil dwijjog-e issseubnida.
gogaegnim mosyeoda deulilkkayo?

A: 괜찮아요. 혼자 가겠습니다.
gwaenchanh-ayo. honja gagessseubnida.

A: 죄송한데 이 화장실을 사용중인데 다른
화장실이 어디에 있어요?
joesonghande i hwajangsil-eul sayongjung-inde
daleun hwajangsil-i eodie iss-eoyo?

B: 조금 먼데 앞쪽에도 있습니다.
jogeum meonde apjjog-edo issseubnida.

A: 그럼, 저 좀 데려다 주시겠어요?
geuleom, jeo jom delyeoda jusigess-eoyo?

B: 그럼요. 저 따라 오세요.
geuleom-yo. jeo ttala oseyo.

A: 不好意思，請問洗手間在哪？

B: 就在客艙的後頭，要不要我帶您去。

A: 沒關係，我自己去。

A: 不好意思，後頭的洗手間有人在用，其他洗手間在哪裡呢？

B: 雖然會稍微遠一點，但前面也有。

A: 那可以請你帶我過去嗎？

B: 當然，這邊請。

詢問洗手間的時候用

화장실이 어디에 있어요?
hwajangsil-i eodie iss-eoyo?
請問洗手間在哪？

그 화장실 지금 사용중이에요.
Geu hwajangsi jigeum sayongjung-ieyo.
那間洗手間有人。

화장실에 사람이 없을 때 알려주실 수 있으세요?
hwajangsil-e salam-i eobs-eul ttae allyeojusil su iss-euseyo?
在廁所沒人了的時候可以請你跟我說一聲嗎？

前往洗手間的時候用

잠시만요.
jamsiman-yo.
請借我過一下。

비행기가 흔들리니까 잠시만 기다려 주세요.
bihaeng-giga heundeullinikka jamsiman gidalyeo juseyo.
現在機身有些搖晃，請稍等一會。

使用洗手間的時候用

사람이 있어요.
salam-i iss-eoyo.
有人。

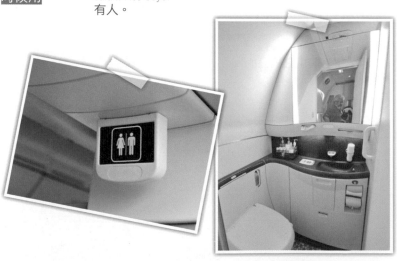

韓國我來了！——飛往國外篇

Chapter
1

Part 1
Part 2
Part 3

▼
在飛機上

05
找洗手間 화장실 찾기

韓國我來了！補充單字　🔘 Track 033

▶ **화장실** hwajangsil　洗手間

▶ **휴지** hyuji　衛生紙

▶ **변기** byeongi　馬桶

▶ **변좌** byeonjwa　馬桶座

▶ **탱크** taengkeu　水箱

▶ **변기 레버** byeongi lebeo　沖水把手

▶ **세면대** semyeondae　洗手台

▶ **비누** binu　肥皂

▶ **핸드 워시** haendeu wosi　洗手乳

▶ **사용중** sayongjung　使用中

▶ **물을 내리다** mul-eul naelida　沖去、沖水

▶ **알려주다** allyeojuda　告知

溫馨小提示

飛機廁所的秘密：

為什麼飛機上的馬桶沖水時總會發出巨大的聲響？那是因為飛機上的馬桶是真空馬桶，而不是一般家裡的抽水馬桶。因為真空馬桶十分省水，每沖一次只需要240毫升的水，水裝得越少，飛機的重量就越輕，飛行效率也就越高。此外，真空馬桶沖水的原理是利用機艙內外的氣壓差，以每秒30公尺的速度，把排泄物送入位於機艙後方的儲存艙。也就是說，按下沖水鍵後，除了排泄物外，廁所內惡臭的空氣也會一起被吸走，這就是為什麼飛機上的廁所通常都不怎麼臭。

06 / 入境表格
입국신고서

韓國我來了！臨場感100%情境對話　　💿 *Track 034*

A: 지금부터 입국신고서를 나눠 드리겠습니다. 필요하면 알려주세요.
jigeumbuteo ibgugsingoseoleul nanwo deuligessseubnida. pil-yohamyeon allyeojuseyo.

B: 하나 주세요.
hana juseyo.

A: 네.
ne.

B: 중국어 신고서는 없어요?
jung-gug-eo singoseoneun eobs-eoyo?

A: 정 말 죄 송 한 데 영 어 신 고 서 밖 에 없습니다.
jeongmal joesonghande yeong-eo singoseobakk-e eobs-seubnida.

B: 그래요? 그럼 영어 신고서를 주세요.
geulaeyo? geuleom yeong-eo singoseoleul juseyo.

A: 現在開始分發入境登記卡。需要的乘客請出聲索取。

B: 請給我一張。

A: 好的。

B: 沒有中文版的嗎？

A: 非常抱歉，只剩下英文版的了。

B:這樣啊，那給我英文的吧。

韓國我來了！實用延伸單句會話　Track 035

索取表格的時候用	**입국신고서 좀 주세요.** ibgugsingoseo jom juseyo. 請給我入境登記卡。

填寫表格的時候用	**볼펜 한 자루 빌려 주세요.** bolpen han jalu billyeo juseyo. 請借我一支筆。

이 입국신고서를 어떻게 써야 돼요?
i ibgugsingoseoleul eoddeohge sseoya dwaeyo?
這張入境登記卡要怎麼填寫啊？

어떻게 쓰는지 가르쳐 주시겠어요?
eotteohge sseuneunji galeuchyeo jusigess-euyo?
可以請你教我怎麼寫嗎？

이 표에 뭘 써야 돼요?
i pyoe mwol sseoya dwaeyo?
這個表格要填什麼？

▶**입국신고서** ibgugsingoseo 入境登記卡

▶**이름** ileum 姓名

▶**국제** gugje 國籍

▶**생년월일** saengnyeon-wol-il 出生年月日

▶**숙소/거주지** sugso/geojuji 現居所

▶**연락처** yeonlagcheo 聯絡地址

▶**편명** pyeonmyeong 班機名稱

▶**서명** seomyeong 簽名

▶**여권번호** yeogwonbeonho 護照號碼

▶**입국목적** ibgugmogjeog 入境目的

▶**관광** gwangwang 觀光

▶**비즈니스** bijeuniseu 商務

▶**가족 방문** gajog bangmun 探望家人

▶**국경 통과** guggyeong ttonggwa 過境

▶**기타** gita 其他

▶**예정 체류기간** yejeong chelyugigan 預計停留時間

溫馨小提示

過境停留的時候：

即使只是過境不需轉機，各國機場需要辦的手續也不同，有些時候必須把行李領出來、再檢查過一次後託運；有時候雖然搭的飛機明明是同一台，卻必須長途跋涉到另一個航廈；但也有非常輕鬆的過境情況，下飛機後什麼也不用做，隨身行李留在飛機上也沒關係，逛一逛後再回到飛機上即可。想知道過境時需要做什麼，可以先詢問服務人員，他們都會親切地說明清楚。

韓國我來了！──飛往國外篇

Chapter
1

Part 1
Part 2
Part 3

▼在飛機上

06 入境表格 입국신고서

韓國我來了！入國申告書

ARRIVAL CARD 入國申告書 (外國人用)		漢字姓名	中文姓名

Family Name / 姓	Given Name / 名		☐ Male/男 ☐ Female/女
	與護照上的英文名字相同		

Nationality / 國籍	Date of Birth / 生年月日(YYYY-MM-DD)		Passport No./旅券番號
Taiwan	1 9 8 5 0 8 1 7		護照號碼

Home Address / 本國住所	Occupation / 職業
台灣住址（可寫中文）	可寫中文

Address in Korea / 韓國內 滯留豫定地 (Tel :)
預計在韓國住宿的地址／電話（英文填寫）

Purpose of visit / 入國目的			Flight(Vessel) No./便名·船名
☐ Tour 觀光	☐ Business 商用	☐ Conference 會議	班機號碼
☐ Visit 訪問	☐ Employment 就業	☐ Official 公務	Port of Boarding / 出發地
☐ Study 留學	☐ Others 其他（ ）		出發機場（可寫中文）

Signature / 署名	Official Only 公用欄	체류 자격 B1 B2	체류 기간 015 030 090 03M
簽名			

ARRIVAL CARD 入國申告書 (外國人用)		漢字姓名	

Family Name / 姓	Given Name / 名		☐ Male/男 ☐ Female/女

Nationality / 國籍	Date of Birth / 生年月日(YYYY-MM-DD)		Passport No./旅券番號

Home Address / 本國住所	Occupation / 職業

Address in Korea / 韓國內 滯留豫定地 (Tel :)

Purpose of visit / 入國目的			Flight(Vessel) No./便名·船名
☐ Tour 觀光	☐ Business 商用	☐ Conference 會議	
☐ Visit 訪問	☐ Employment 就業	☐ Official 公務	Port of Boarding / 出發地
☐ Study 留學	☐ Others 其他（ ）		

Signature / 署名	Official Only 公用欄	체류 자격 B1 B2	체류 기간 015 030 090 03M

01 轉機換乘
환승

공항철도 도심공항터미널
Airport Railroad & City Airport Terminal
城市航
都心空港

韓國我來了！臨場感100%情境對話 🔊 *Track 037*

A: 저기요, 국내선으로 갈아타려면 어느쪽으로 가야 돼요?

jeogiyo, gugnaeseon-eulo gal-atalyeomyeon eoneujjog-eulo gaya dwaeyo?

B: 이쪽이요. 방향표지판을 따라 가세요.

ijjog-iyo. banghyangpyojipan-eul ddala gaseyo.

A: 이 쪽은 입국하는 곳인데요? 저는 환승하는데요.

i jjog-eun ibgughaneun gos-indeyo? jeoneun hwanseunghaneundeyo.

B: 네. 입국수속을 끝내고 나서 국내선으로 환승할 수 있습니다.

ne. ibgugsusog-eul kkeutnaego naseo gugnaeseon-eulo hwanseunghal su issseubnida

A: 그렇군요.

geuleohgun-yo.

B: 그리고, 위탁 수하물도 수령해야 하고 항공사 카운터에서 수하물 위탁 수속를 다시 하세요.

geuligo, witag suhamuldo sulyeonghaeya hago hang-gongsa kaunteoeseo suhamul witag susogleul dasi haseyo..

A: 알겠습니다. 감사합니다.

algessseubnida. gamsahabnida..

A: 不好意思，請問轉乘國內航線是往哪個方向？

B: 是往這邊。請順著入境的箭頭指示前進。

A: 入境？我要轉機耶。

B: 對，在辦理完入境手續之後才能轉乘國內線。

A: 原來如此。

B: 順便一提，若您有託運行李的話，也需先領取行李，再到您搭乘的航空公司櫃台重新辦理託運。

A: 我知道了，謝謝。

韓國我來了！實用延伸單句會話 *Track 038*

轉機的時候用

제가 서울에서 비행기 갈아타고 밴쿠버에 갈 거예요.
jega seoul-eseo bihaeng-gi gal-atago baenkubeoe gal geoyeyo.
我要在首爾轉機去溫哥華。

공항 밖에 나갈수 있어요?
gonghan gbakk-e nagalsu iss-eoyo?
可以出機場嗎？

환승전에 입국수속을 해야 돼요?
hwanseungjeon-e ibgugsusogeul haeya dwaeyo?
轉機必須先辦理入境嗎？

在轉機櫃檯的 時候用

항공편 KE123 환승수속 하는 데는 어디에 있어요?
hang-gongpyeon KE123 hwanseungsusog haneun deneun eodie iss-eoyo?
請問KE123號班機的轉機櫃檯在哪裡？

제가 환승을 할 시간이 될까요?
jega hwanseung-eul hal sigan-i doelkkayo?
我趕得上轉機嗎？

제가 환승을 할 시간이 안 될 것 같아요. 방법이 있어요?
jega hwanseung-eul hal sigan-i an doel geos gat-ayo. bangbeob-i iss-eoyo?
我快趕不上轉機了，你有沒有什麼辦法？

어디에서 환승해야 돼요?
eodieseo hwanseunghaeya dwaeyo?
我應該在哪裡轉機？

이 공항에서 대기 시간이 얼마정도 돼요?
i gonghang-eseo daegi sigan-i eolmajeondo dwaeyo?
在這個機場大概會停留多久？

▶**환승** hwanseung 轉乘

▶**모적지** mogjeogji 目的地

▶**국내선** gugnaeseon 國內航線

▶**국제선** gugjeseon 國際航線

▶**입국** ibgug 入境

▶**출국** chulgug 出境

▶**환승편** hwanseungpyeon 轉機航班

▶**직행편** jighangpyeon 直飛航班

▶**터미널** teomineol 航廈

▶**통과 여객** tong-gwa yeogaeg 過境旅客

▶**놓치다** nohchida 錯過、放走

▶**방법** bangbeob 方法、手段

溫馨小提示

轉機的時候：
▼

乘坐國際航班，有時會需要轉機才能到達目的地。如果要轉乘的班機不久後馬上要起飛，就可以不必出機場，只要在辦理轉機手續的櫃台即可辦理登記手續。但若班機還等一陣子才會起飛，根據許多國家的規定，只要辦妥轉機手續，即使沒有過境簽證，也可以離開機場去外面逛逛。

但是如果當天沒有可以轉乘的班機，旅客就只能在轉機的機場或附近過夜了；這種情況下，乘客的膳宿一般由當地的航空公司安排。如果是由於航空公司方面延誤原定的轉機時間，航空公司會免費提供膳宿、交通，並負責安排好旅客接下來的轉機行程。

02 入境審查
입국 심사

韓國我來了！臨場感100%情境對話 ▶ 🔊 Track 040

A: 다음 분, 여기 오세요.여권과 입국신고서를 주세요.
da-eum bun, yeogi oseyo.yeogwon-gwa ibgugsingoseoleul juseyo.

A: 下一位，這邊請。請給我您的護照和入境卡。

B: 여기요.
yeogiyeyo

B: 在這裡。

A: 사진을 찍을 거예요. 여기 보세요.
sajin-eul jjig-eul geoyeyo. yeogi boseyo.

A: 要幫您拍張照喔，請看這邊。

B: 네.
ne.

B: 好的。

A: 그리고 두 검지 손가락을 거기 두 곳에 대세요.
geuligo du geomji songalag-eul geogi du gos-e daeseyo.

A: 接下來，請用兩手食指按壓這裡和這裡。

B: 이렇게요?
ileohgeyo?

B: 這樣嗎？

A: 네, 됐습니다. 한국에 입국 수속이 끝났습나다. 한국에서 즐거운 시간을 보내세요.
ne, dwaessseubnida. hangug-e ibgug susog-i kkeutnassseubnada. hangug-eseo jeulgeoun sigan-eul bonaeseyo.

A: 對。可以了。您已經入境韓國了，祝您在韓國玩得愉快。

韓國我來了！實用延伸單句會話 🎵 *Track 041*

詢問旅行目的時用	이 번 입국목적은 뭡니까?

이 번 입국목적은 뭡니까?
i beon ibgugmogjeogeun mwobnigga?
您這趟旅行的目的是什麼呢？

출장이요.
chuljang-iyo.
出差。

詢問停留時間的時候用

얼마나 머무세요?
eolmana meomuseyo?
您預計停留多久呢？

제가 5일 머물 거예요.
jega oil meomul geoyeyo.
我將停留5天。

詢問留宿地點的時候用

어디에서 묵으세요?
eodieseo mug-euseyo?
您會住在哪裡呢？

친구 집에 묵을 거예요.
chingu jib-e mug-eul geoyeyo.
朋友家。

詢問回程機票的時候用

돌아가는 표가 있습니까?
dol-aganeun pyoga issseubnikka?
您有回程的機票嗎？

韓國我來了！——飛往國外篇

Chapter 1

Part 1
Part 2
Part 3

▼
順利抵達

02
入境審查　입국 심사

韓國我來了！補充單字　🔘 *Track 042*

▶**입국 심사** ibgug simsa 入境審查

▶**비자** bija 簽證

▶**단체여행** dancheyeohaeng 團體旅行

▶**배낭여행** baenang-yeohaeng 自由行

▶**목적** mogjeog 目的

▶**관광** gwangwang 觀光

▶**놀다** nolda 遊玩

▶**여행** yeohaeng 旅行

▶**출장** chuljang 出差

▶**유학** yuhag 留學

▶**방문** bangmun 拜訪

▶**체류/머물다** chelyu/meomulda 停留

▶**호텔** hotel 旅館

▶**집** jib 家

▶**두 손** du son 兩手

▶**검지 손가락** geomji songalag 食指

▶**즐거운 시간을 보내다**
　jeulgeoun sigan-eul bonaeda 玩得愉快

03 行李領取
짐 찾기

韓國我來了！臨場感100%情境對話 🔘 *Track 043*

A: 죄송한데 제 짐을 못 찾았어요.
sillyehabnida, je jim-eul mot chajasseoyo.

A: 不好意思，我到現在還沒有找到我的行李。

B: 편명 좀 보여 주세요.
Pyeonmyeong jom boyeo juseyo

B: 請給我看您所搭乘的班機號碼。

A: KE123이요.
KE123iyo.

A: KE123。

B: 네. 외관 디자인이 어떻게 생겼습니까?
ne. oegwan dijain-i eotteohge saenggeossseubnigga?

B: 外觀設計怎麼樣呢？

A: 검은색 캐리어이고 그밖에 "대만"이라고 쓰여 있는 이름표가 걸려 있어요.
geom-eunsaeg kaelieo-igo geubakk-e "daeman"ilago sseuyeo issneun ileumpyoga geollyeo iss-eoyo.

A: 是個黑色的硬殼行李箱，掛著寫有台灣的行李吊牌。

B: 불편을 끼쳐서 죄송합니다. 지금 찾고 있으니까 조금만 기다려 주세요. 기다리는동안 이 서류를 기입해 주세요.
bulpyeon kkichyeoseo joesonghabnida. jigeum chago iss-eunikka jogeumman gidalyeo juseyo. gidalineundong-an i bogopyoleul sseo juseyo.

B: 造成您的不便，我們很抱歉。現在正在為您調查，請您稍後。在等候的期間，請協助填寫這張表。

A: 네. 알겠습니다.
ne. algessseubnida.

A: 我知道了。

韓國我來了！——飛往國外篇

Chapter
1

Part 1
Part 2
Part 3

▼
順利抵達

03

行李領取

짐 찾기

韓國我來了！實用延伸單句會話　🔊 Track 044

行李遺失的時候用	**제가 짐을 못 찾겠어요.** jega jim-eul mot chajgesseoyo… 我找不到我的行李……。

잃어버린 짐이 몇 개 입니까?
ilheobeolin jim-i myeot gae ibnikka?
您遺失的行李有幾件呢？

제가 먼저 필수품을 사고 항공사에 청구서를 보내도 돼요?
jega meonjeo pilsupum-eul sago hang-gongsa-e cheong-guseoleul bonaedo dwaeyo?
我可以先購買必需品，之後再向（你們）航空公司請款嗎？

제 짐을 찾자마자 바로 제 호텔에 보내 주세요.
je jim-eul chaj-jamaja balo je hotel-e bonae juseyo.
找到行李之後請立刻送至我所住的旅館。

出示行李存根的時候用	**이게 수하물 보관표예요.** ige suhamul bogwanpyoyeyo. 這是行李存根。

描述行李的時候用	**외관 디자인이 알려 주실 수 있으세요?** oegwan dijain-i allyeo jusil su iss-euseyo? 能請您告訴我行李的外觀嗎？

行李損壞的時候用	**제 캐리어가 망가졌어요.** je kaelieoga mang-gajyeoss-eoyo. 我的行李箱壞了。

▶**찾다** chajda 領取

▶**수하물 찾는 곳** suhamul chajneun gos 轉盤

▶**수하물 보관표** suhamul bogwanpyo 行李存根

▶**수하물 분실** suhamul bunsil 行李遺失

▶**외관** oegwan 外觀

▶**캐리어** kaelieo 行李箱

▶**짐/수하물 표** jim/suhamul pyo 行李吊牌

▶**이름표** ileumpyo 姓名吊牌

▶**수하물표** suhamulpyo 行李遺失表

▶**청구서** cheong-guseo 請款單

▶**도와주다** dowajuda 協助

▶**불편을 끼치다** bulpyeoneul ggichida 添麻煩

溫馨小提示

在韓國行李遺失或損壞怎麼辦？

❶ 先向航空公司的行李託運代表處報告遺失行李。

❷ 填寫行李遺失表（**수하물표**suhamulpyo）。

❸ 填妥表格後保留副本並記下承辦人員的公司識別碼。（以免行李真的遺失時無手邊沒有任何證明文件可以申請賠償。）

❹ 要求航空公司將尋獲的行李送至下榻飯店或家中。

行李毀損的情況：依照國際航空運輸協會規定，行李在國際運輸過程中受到損害，應於損害發生7日內以書面向運送人提出申訴，一般會建議最好在機場就反映，否則事後還需要另外填寫一份報告書解釋為何沒有立刻發現行李毀損。

04 海關申報
세관 신고

韓國我來了!臨場感100%情境對話 🎧 *Track 046*

A: 입국자여러분이 먼저 세관 신고서를 기입하고 검사하는 곳에 가세요.
ibgugjayeoleobun-i meonjeo segwan singoseoleul giibhago geomsahaneun gose gaseyo.

A: 入境的旅客請先填寫好申報表再前往檢查台。

B: 여권과 신고서를 주세요.
yeogwongwa singoseoleul juseyo.

B: 請給我您的護照和申報表。

C: 여기요.
yeogiyo.

C: 在這裡。

B: 캐리어를 열어서 물건을 보여 주세요.
teuleongkeuleul yeol-eoseo mulgeon-eul boyeo juseyo.

B: 請您打開行李,讓我看看裡面的東西。

C: 네. 바로 열게요.
ne. balo yeol-eulgeyo.

C: 好的,我現在開。

B: 죄송한데 해외에서 신선한 과일을 가지고 한국에 입국하면 안됩니다. 그래서 이 모든 과일을 몰수하겠습니다.
joesonghande haeoeeseo sinseonhan gwail-eul gajigo hangug-e ibgughamyeon andoebnida. geulaeseo i modeun gwail-eul molsuhagessseubnida..

B: 非常抱歉,從海外攜帶新鮮水果進入韓國國內是被禁止的,所以這邊的東西我們要沒收。

C: 그래요? 알겠습니다.
geulaeyo? algess-eubnida.

C: 這樣啊?我知道了。

前往檢查台的時候用	신고할 필요 없는 입국자분은 바로 검사 하는곳에 가세요. singohal pil-yo eobsneun ibgugjabun balo geomsa haneun-geose gaseyo. 不需申報的旅客請前往檢查台。

申報的時候用	신고 할 물건이 있습니까? singo hal mulgeon-i issseubnikka? 有什麼需要申報的東西嗎？

신고 할 물건은 하나도 없습니다.
singo hal mulgeon hanado eobs-seubnida.
我沒有任何需要申報的東西。

가지고 있는 현금이 얼마입니까?
gajigo issneun hyeongeum-i eolmaibnikka?
您現在持有的金額是多少呢？

提及攜帶的物品時用	이거 용도가 뭐예요? igeo yongdoga mwoyeyo? 這個做什麼的？

개인 물건이에요.
gaein mulgeon-ieyo
是我的私人物品。

이 건 세금을 부과해야 합니다.
I geon segeum-eul bugwahaeya habnida.
這需要課稅。

이 밖에 다른 짐이 있습니까?
i bbage daleun jim-i issseubnikka?
您有額外寄送的行李嗎？

韓國我來了！補充單字　🔘 *Track 048*

▶**세관** sagwan 海關

▶**세금** segeum 稅金

▶**세금을 부과하다**
segeum-eul bugwahada 課稅

▶**신고** singo 申報

▶**검사 하는 곳** geomsahaneon got 檢查台

▶**소지물건** sojimulgeon 攜帶物品

▶**다른 위탁 물건** daleun witag mulgeon
另外寄送的物品

▶**소지현금** sojihyeongeum 所持金額

▶**물건, 상품** mulgeon, sangpum 物品、商品

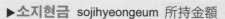

▶**짐 검사** jim geomsa 行李檢查

▶**검역** geom-yeog 檢疫

▶**반입금지** ban-ibgeumji 禁止攜入

▶**허가** heoga 允許

《《《 溫馨小提示 》》》

哪些東西攜帶入境時要注意？

▼

許多國家限制攜帶入境數量，但一定數量內可免稅（需申報）
的物品：
❶ 香煙、雪茄、菸絲　❷ 葡萄酒或其他酒類　❸ 香水

一般禁止攜帶：
❶ 麻醉劑、毒品、武器　❷ 農畜水產品

05 兑换外幣
환전

韓國我來了！臨場感100%情境對話　　Track 049

A: 저기요, 혹시 이 근처에 환전소나 은행이 있어요?
jeogiyo, hogsi i guncheoe hwanjeonsona eunhaeng-i iss-eoyo?

B: 환전소는 이빌딩 2층에 있어요.
hwanjeonsoneun balo ibilding icheung-e iss-eoyo.

A: 請問一下，附近有換錢所或者銀行嗎？

B: 這棟大樓的2樓就是換錢所。

（환전소에서）

（在換錢所）

A: 안녕하세요, 제가 대만 돈은 한국돈으로 바꾸려고 해요. 환율이 어떻게 돼요?
annyeonghaseyo, jega daeman don-eun-won-eulo baggulyeogo haeyo. hwan-yul-i eotteohge dwaeyo?

B: 대만 달러 1원이 한국원 36원으로 바꿀 수 있어요.
daeman dalleo ilwon-i hangug-won samsibyugwon-eulo bakkul su iss-eoyo.

A: 수수료가 얼마에요?
susulyoga eolma-eyo?

B: 수수료가 환율에 포함돼 있어요.
susulyoga hwan-yul-e pohamdwae iss-eoyo.

A: 알겠습니다. 그럼 대만달러 10,000원 바꿔 주세요.
algess-eoyo. geuleom daemandalleo man won baggwo juseyo.

B: 네, 여기 한국돈 360,000원이에요.
ne, yeogi hangug-don 360,000won-ieyo.

A: 您好，我想將台灣錢換成韓元。請問匯率是多少呢？

B: 新台幣1元可以換韓元36元。

A: 手續費是多少錢呢？

B: 手續費已經包含在匯率裡了。

A: 我知道了。那麼，請幫我換10,000元台幣。

B: 好的，這裡是韓元360,000元。

韓國我來了！實用延伸單句會話 ▶ 🔴 *Track 050*

詢問換錢地點時候用	이근처에 환전할 수 있는 곳이 있어요? igeuncheoe hwanjeonhal su issneun gos-i iss-eoyo? 請問附近有可以換錢的地方嗎？

兌換貨幣的時候用	한국원으로 바꿔 주세요. hangug-won-eulo baggwojuseyo. 請幫我換成韓元

얼마나 바꾸고 싶으세요?
eolmana bakkugo sipeu-seoyo?
您想要換多少(錢)呢？

5만원짜리10장, 만원짜리5장하고 천원짜리 10장 주세요.
o man-wonjjali yeoljang, man-wonjjali daseolsjanghago cheon-wonjjali yeoljang juseyo.
請換給我10張5萬元鈔票、5張萬元鈔、10張千元鈔。

만원짜리 잔돈으로 바꿔 주시겠어요?
man-wonjjali jandon-eulo baggwo jusigess-eoyo?
能請您幫我把1萬韓元鈔票換成零錢嗎？

詢問匯率的時候用	한국원이랑 대만달러 환율이 어떻게 돼요? hangug-won-ilang daemandalleo hwan-yol-i eotteohge dwaeyo? 請問台幣兌換韓幣的匯率是多少呢？

兌換旅行支票的時候用	이 여행자 수표를 현금으로 바꿔 주세요. i yeohaengja supyoleul hyeongeum-eulo baggwo juseyo. 請將這張旅行支票換成現金。

韓國我來了！補充單字 Track 051

▶ 환전 hwanjeon 換錢

▶ 환전소 hwanjeonso 換錢所

▶ 은행 eunhaeng 銀行

▶ 대만 달러 daemandalleo 新台幣

▶ 한국원 hangug-won 韓元

▶ 환율 hwan-yul 匯率

▶ 잔돈, 동전 jandon, dongjeoln 零錢

▶ 짜리 jjali 面額

▶ (지폐를) 잔돈으로 바꾸다 (jipyeleul) jandon-eulo bakkuda 換零錢

▶ 여행자 수표 yeohaengja supyo 旅行支票

▶ 현금 hyeongeum 現金

韓國我來了！──飛往國外篇

Chapter
1

Part 1
Part 2
Part 3

▼
順利抵達

05 兌換外幣 환전

溫馨小提示

換錢注意事項

如果準備要去韓國旅遊，除了行李外最重要的就是外幣兌換的問題了。怎麼樣兌換韓幣最方便、划算？如果問問資深的韓國旅行自助客的話，他們都會建議先在台灣把台幣換成美金，然後在帶到當地去換錢所(韓國的外幣黑市)兌換成韓元。你一定會想：「為什麼要換成美金再換台幣呢？在台灣直接兌換韓幣不是更方便嗎？或者直接把台幣帶到韓國換成韓元不可以嗎？」

其實，在台灣是可以直接以台幣兌換韓元的。但是，可以兌換韓元的銀行非常少，只有台灣銀行和兆豐商銀兩家，而且匯率奇差無比，除非你不在乎兌換的虧損，否則一般不建議在台灣用台幣換韓元。另外，其實韓國當地的銀行與換錢所已經有台幣直接兌換韓元的服務了，而且換錢所都是免手續費的，但是匯率只比在台灣換好一點而已。因為在台灣各家銀行兌換美金其實是免手續費的，所以一般都會建議在台灣先將台幣兌換成美金，然後再到韓國當地的換錢所比匯率後將美金兌換成台幣。(因為韓國換錢所的匯率一般都優於銀行，而且美金兌韓幣的匯率總是不會太差。)至於換錢所都在哪呢？以首爾為例，其實許多知名觀光景點，如：東大門、明洞、梨泰院等等隨處都可以看到換錢所。但到換錢所集中分佈的明洞換錢，不但方便比較匯率，通常最後換到的匯率也比較可能優於其他區域。

Chapter 2

韓國我來了！
道路交通篇

01 問路找路
길 찾기

A: 실례한데 길을 물어봐도 돼요?
sillyehande gil-eul mul-eobwado dwaeyo?

A: 不好意思，能向您問個路嗎？

B: 네.
ne.

B: 好。

A: 제가 시립미술관에 가려고 하는데 길을 잃었어요….여기 이 지도 어느 부분인지 알려 주실 수 있으세요?
jega silibmisulgwan-e galyeogo haneunde gil-eul ilh-eoss-eoyo….yeogi i jido eoneu bubun-inji al-lyeo jusil su iss-euseyo?

A: 我要前往市立美術館，但在途中迷了路……。能請您告訴我這裡是這張地圖上的哪裡嗎？

B: 네, 이 근처에 있어요. 저 편의점 보이지요? 파랑색 간판이 있는 편의점이요.
ne, i geuncheoe iss-eoyo. jeol pyeon-uijeom boijiyo? palangsaeg ganpan-i issneun pyeon-uijeomiyo.

B: 喔，我們現在大致在這一帶。你有看到那間超商嗎？那間藍色招牌的。

A: 네, 보여요.
ne, boyeoyo.

A: 有，看到了。

B: 거기에서 왼쪽으로 돌아 가서 두 번째 신호등을 지나가면 오른쪽에 있어요.
geogieseo oenjjog-eulo dol-a gaseol du beonjjae sinhodeung-eul jinagameoln oleunjjog-e iss-eoyo.

B: 在那邊左轉，過了第二個紅綠燈之後應該就能在右手邊看到了。

A: 알겠습니다. 감사합니다.
algess-seubnida. gamsahabnida.

A: 我知道了，謝謝。

韓國我來了！實用延伸單句會話  **Track 053**

迷路的時候用	**제가 길을 잃었어요.** jega gil-eul ilh-eoss-eoyo. 我迷路了。
	제가 아까부터 똑같은 곳에서 맴돌고 있어요. jega akkabuteo ttoggat-eun gos-eseo maemdolgo iss-eoyo. 我從剛剛就一直在同一個地方打轉。
詢問路線的時候用	**국립미술관에 어떻게 가야 돼요?** gunibmisulgwan-e eotteohge gaya dwaeyo? 請問國立美術館要怎麼去？
	죄송한데 저도 이 근처 길을 잘 몰라요. joesonghande jeodo i geuncheo gil-eul jal mollayo. 不好意思，我也對這邊不熟。
詢問是否有地標的時候用	**쉽게 볼 수 있는 유명한 곳이 있나요?** swibge bol su issneun yumeonghan gos-i issnayo? 有什麼方便辨識的地標嗎？
請對方繪製地圖的時候用	**지도를 그려 줄 수 있으세요?** jidoleul geulyeo jul su iss-euseyo? 能請您幫我畫一下地圖嗎？
詢問對方是否可帶路時用	**죄송한데 거기까지 좀 데리고 가 주시겠어요?** joesonghande geogikkaji jom deligo ga jusigess-eoyo? 能不能請您帶我過去呢？
	따라 오세요. ddala oseyo. 跟我來。
詢問路程多長的時候用	**여기에서 가면 얼마나 걸려요?** yeogieseo gamyeon eolmana geollyeoyo? 從這裡過去大概要花多久時間呢？

▶**길** gil 道路

▶**길을 잃다** gil-eul ilhda 迷路

▶**길 잃은 사람** gil ilh-eun salam 迷路的人

▶**지도** jido 地圖

▶**표지** pyoji 標誌、記號

▶**간판** ganpan 招牌

▶**도로 표지** dolo pyoji 路標

▶**사거리** sageoli 十字路口

▶**모퉁이/코너** motung-i/koneo 轉角

▶**신호등** sinhodeung 紅綠燈

▶**지름길** jileumgil 捷徑

▶**앞** ap 前

▶**아래** alae 下

▶**왼쪽** oenjjog 左

▶**오른쪽** oleunjjog 右

▶**동** dong 東

▶**서** seo 西

▶**남** nam 南

▶**북** bug 北

01 / 搭乘公車
버스 타기

韓國我來了！臨場感100%情境對話 🎧 Track 055

A: 실례합니다, 시립미술관에 어떻게 가야 돼요?

sillyehabnida, silibmisulgwan-e eotteohge gaya dwaeyo?

B: 제일 쉬운 방법은 여기서 172번 버스를 타는 거예요. 이대역 버스정류장에서 탈 수 있어요.

jeil swiun bangbeob-eun yeogiseo ilchili-beon beoseuleul taneun geoyeyo. idaeyeog beoseujeonglyujang-eseo tal su iss-eoyo.

A: 다음 버스 몇 시에 도착할 거예요?

da-eum beoseu myeoch sie dochaghal geoyeyo?

A: 不好意思，請問市立美術館怎麼去？

B: 最輕鬆的方式是從這裡搭172號公車，你可以在梨大站搭車。

A: 下一班是幾點呢？

B: 15분 간격으로 운행해서 다음 버스가 11시 45분 도착해요.

Sibobun gangeogeulo uhaenghaeseo da-eum beoseuga yeolhan-si sasibo-bun dochaghaeyo.

A: 시간이 좀 부족한데 다른 방법은 없나요?

sigan-i jom bujoghande daleun bangbeobeun eobnayo?

B: 그럼 이대역 버스정류장에서 472번 버스를 타는게 좋을 것 같아요. 내린후에 조금 걸어야 하지만 배차 간적이 짧아요.

geuleom idaeyeog beoseujeonglyujang-eseo sachili-beon beoseuleul taneunge joeul got gat-ayo. naelinhue jogeum geol-eoya hajiman baecha ganjeog-i jjalb-ayo.

A: 알겠습니다. 무슨역에서 내려야 돼요?.

algess-seubnida. museun-yeog-eseo naelyeoya dwaeyo?

B: 시청입구역에서요.

sicheong-ibguyeog-eseoyo..

B: 它是15分鐘發車一次，所以下一班是11點45分。

A: 那樣時間上有點趕，有沒有其他的方法？

B: 那樣的話我建議搭梨大站的472號公車比較好。它雖然下車後要稍微走一會，但班次多很方便。

A: 我知道了，那麼我該在哪裡下車呢？

B: 請在市廳入口站下車。

韓國我來了－道路交通篇

서 울 역
Seoul Station

Chapter
2

Part 1
Part 2

各種交通方式

01 搭乘公車 버스 타기

韓國我來了！實用延伸單句會話 🎧 Track 056

| 詢問最近公車站的時候用 | **여기에서 가장 가까운 버스정류장이 어디에 있어요?**
yeogieseo gajang gakkaun beoseujeonglyujang-i eodie iss-eoyo?
請問離這裡最近的公車站在哪？ |

| 詢問公車路線的時候用 | **미술관에 가는 버스가 있어요?**
misulgwan-e ganeun beoseuga iss-eoyo?
請問有到美術館的公車嗎？ |

| 詢問公車停靠站的時候用 | **이 버스가 시청에 서요?**
i beoseuga sicheong-e seoyo?
這班公車會停市廳嗎？ |

| | **미술관까지 몇 종류장에 서요?**
misulgwankkaji myeoj jonglyujang-e seoyo?
到美術館之間會停幾站呢？ |

| 詢問轉車事項的時候用 | **갈아타야 돼요?**
gal-ataya dwaeyo?
需要轉車嗎？ |

| 詢問在哪下車的時候用 | **무슨 정류장에서 내려야 돼요?**
museun jeonglyujang-eseo naelyeoya dwaeyo?
我該在哪裡下車呢？ |

| 請對方提醒下車的時候用 | **도착하면 저한테 알려 주실 수 있으세요?**
dochaghameon jeohante allyeojusil su iss-euseyo?
可以請您到站和我說一聲嗎？ |

韓國我來了！補充單字　　🔊 *Track 057*

▶**버스** beoseu 巴士、公車

▶**셔틀버스** syeoteulbeoseu 接駁車

▶**(버스)정류장** (beoseu)jeonglyujang
公車站/乘車處

▶**타다** tada 搭乘

▶**갈아타다** gal-atada 換乘

▶**내리다** naelida 下（車）

▶**목적지** mogjeogji 目的地

▶**노선도** noseondo 路線圖

▶**배차 시간표** baecha siganpyo 時刻表

▶**티머니** T money （韓國全國）公車/
地鐵電子票卡

▶**타다** tada 乘（車）

▶**도착하다** dochaghada 抵達

▶**벨** bel 下車鈴

▶**버스 차비** beoseu chabi 車資

溫馨小提示

外國旅客專用交通卡─MPASS交通卡

▼

M-PASS是Metropolitan Pass的縮寫，是一種專為韓國的外國旅客所設計的大眾交通卡，可於首爾地區以及濟州地區輕鬆搭乘各種大眾交通工具。M-PASS可用於搭乘首爾地鐵與首爾市區公車（僅限藍色公車、綠色公車、循環公車、社區小巴、深夜公車可使用）、濟州市區公車，一天最多可使用20次。票種分為1日券（15,000韓元）、2日券（23,000韓元）、3日券（30,500韓元）、5日券（47,500韓元）、7日券（64,500韓元）等五種，以最初使用日為準，可使用至到期日當天的晚上12點，在下午5點後購買會便宜3,000韓元。除了交通卡的功能之外，儲值現金後，還能和Tmoney（韓國悠遊卡/一卡通）一樣在便利商店、計程車付款。可於仁川國際機場1樓5號出口、10號出口前的首爾市旅遊諮詢中心、地鐵2號線乙支路入口5號出口前明洞旅遊資訊中心以及濟州國際機場內1樓的濟州旅遊諮詢櫃檯購買，購買時，除卡片費用之外，另需支付5,000韓元（押金4,500韓元+手續費500韓元）。

02/ 搭乘計程車
택시 타기

韓國我來了！臨場感100%情境對話　　🔘 *Track 058*

A: 어디 가세요?
eodi gaseyo?

A: 請問到哪？

B: 서울기차역 갑니다
seoulgichayeog gabnida.

B: 請到首爾火車站。

A: 네.
ne.

A: 好的。

B: 제가 2시에 KTX를 타야 돼요. 제 시간에 갈 수 있을까요?
jega du sie KTXleul taya dwaeyo. je sigan-e gal su iss-eulggayo?

B: 我要搭2點的KTX，時間來得及嗎？

A: 응…차가 막히지 않으면 가능할 것 같아요.
eung…chaga maghiji anh-eumyeon ganeunhal geos gat-ayo.

A: 嗯……如果不塞車的話勉強趕得上吧。

B: 그래요? 그럼 되도록 빨리 가 주실 수 있으세요?.
geulaeyo? geuleom doedolog bbali ga jusil su iss-euseyo?

B: 這樣啊，那能請你盡量幫我趕趕嗎？

A: 알겠습니다.
algess-seubnida.

A: 我知道了。

B: 감사합니다..
gamsahabnida.

B: 謝謝。

韓國我來了！實用延伸單句會話 ▶ 💿 Track 059

▼ 各種交通方式

❷ 搭乘計程車 택시 타기

叫計程車的時候用	**택시를 잡아 줄 수 있으세요?** taegsileul jab-a jul su iss-euseyo? 能請你幫我叫計程車嗎？
	어디에서 택시를 잡을 수 있어요? eodieseo taegsileul jab-eul su iss-eoyo? 哪裡攔得到計程車？

請司機開後車廂的時候用	**트렁크 좀 열어 주세요.** Teuleongkeu jom yeol-eo juseyo. 請打開後車廂。

停車的時候用　　**여기서 내릴게요.**
yeogiseo naelilgeyo.
我要在這裡下。

**저 모퉁이에서 세워
주세요.**
jeo motung-ieseo sewo
juseyo.
請在那個轉角停車。

**금방 돌아올게요,
여기서 좀
기다려주시겠어요?**
geumbang dol-aolgeyo,
yeogiseo jom gidalyeojusi
gess-eoyo
我馬上就回來，可以
請你在這等我嗎？

抵達目的地的時候用　　**도착했습니다.**
dochaghaessseubnida.
到了喔。

▶ **택시** taegsi 計程車

▶ **택시 요금표** taegsi yogeumpyo 車資表

▶ **트렁크** teuleongkeu 後車廂

▶ **빈차** bincha 空車

▶ **운행중** ung-haengjung 載客中

▶ **기본요금** gibon-yogeum 基本車資

▶ **야간추가요금** yaganchugayogeum 夜間加收車資

▶ **길이 막히다** gili maghida 塞車

▶ **(길을) 재촉하다** gil-eul jaechoghada 趕（路）

温馨小提示

韓國的計程車

一般計程車：一般計程車的外型以及顏色根據地區而有所不同，首爾大多為橘色計程車，首都圈等市區大多為銀色車輛。

模範計程車：為高級計程車，黑色車身兩側有寫著「模範計程車」的黃色色條，提供寬敞的搭乘空間與高品質的服務，因此基本車資與加收費用較一般計程車稍貴，但有別於一般計程車，夜間不加收車資。模範計程車可在飯店、火車站、巴士客運站、主要城市街道上招車搭乘。

大型計程車：大型計程車適合6~10人的團體遊客搭乘，司機提供外語即時翻譯服務，並設有收據列印機與信用卡結帳機。車資計費方式與模範計程車相同。大型計程車與「Call Van」外觀極為相似，故容易搞混，但兩者收費卻大不相同；Call Van的收費是與司機議價，同時依行李大小與數量來加價，因此在搭乘大型計程車前，請務必確認車身上是否貼有大型計程車的標誌。

國際計程車：與一般汽車外觀顏色難區分，請確認車身或標誌燈上是否寫有「International Taxi, 國際計程車」。可使用外語的國際計程車讓不諳韓語的外國旅客也可輕鬆搭乘，司機精通英日中等1種以上的外語。搭乘方式：以電話叫車或是E-mail(reserve@intltaxi.co.kr)或於網站上預約，車資依照首爾3個地區採區間定額收費(仁川國際機場)，或依照距離跳表收費(金浦國際機場)；可以現金(韓幣)或信用卡(Master、Visa、Express、JCB)、交通卡(T-money)支付。

Call Taxi：是指以電話呼叫的計程車服務，必須額外支付叫車手續費。但是因為叫車服務公司會事先提供司機的姓名以及車號，故有著比一般計程車較為安全的優點。不過Call Center僅提供韓語服務，不諳韓語的外國旅客利用較為不便。

03 搭乘火車
기차 타기

A: 8시 20분에 부산으로 가는 SRT 표를 하나 주세요.

palsi isibbun-e busan-eulo ganeun SRT pyoleul hana juseyo.

B: 죄송한데 여기서 SRT외에 KTX와 다른 열차 표만 판매합니다. 8시 30분에 부산으로 가는KTX표가 아직 있는데 사시겠어요?

joesonghande yeogiseo SRTwi-e KTXwa daleun yeolcha pyoman panmaehabnida. palsi samsibbun-e busan-eulo ganeun KTX pyoga ajig issneunde sasilgess-eoyo?

A: 그래서 여기는 SRT 탈 수 있는 역이 아니에요? 제가 외국사람이어서 잘 모르겠는데요.

geulaeseo yeogineun SRT tal su issneun yeog-i aniyeyo? jega oegugsalam-ieoseo jal moleugessneundeyo.

B: 그렇습니다.

geuleohseubnida.

A: 외국사람만 사용할 수 있는 우대승차권을 팔아요?

oegugsalamman sayonghal su issneun-udaeseungchagwon-eul pal-ayo?

B: 외국여객이라면 KR PASS를 살 수 있어요. 기한내에 횟수 제한 없이 기차를 탈 수 있습니다.

oegug-yeogaeg-ilamyeon KR PASSleul sal su iss-eoyo. gihannae-e hoes-su jehan eobsi gichaleul tal su issseubnida

A: 하나 주세요.

hana juseyo.

A: 8點20分開往釜山的 SRT票1張。

B: 非常抱歉，此處僅販售SRT外KTX和其他列車車票。8點30分KTX還有票，您要購買嗎？

A: 所以這裡不是搭乘SRT的站嗎？因為我是外國遊客，所以不知道。

B: 是的。

A: 有外國旅客專用的優惠票券嗎？

B: 外國旅客的話，可以購買KR Pass。可以在期限內，無限次搭乘火車。

A: 請給我一張。

韓國我來了──道路交通篇

Chapter
2

Part 1

Part 2

各種交通方式

03 搭乘火車 기차 타기

韓國我來了！實用延伸單句會話　🔘 Track 062

尋找車站的時候用
이 근처에 있는 기차역에 어떻게 가야 돼요?
i geuncheoe issneun gichayeog-e eotteohge gaya dwaeyo?
請問這附近的火車站要怎麼走？

購買外國旅客優惠票券KR Pass的時候用
KR Pass를 어디에서 사야 돼요
KR Passleul eodieseo saya dwaeyo?
請問KR Pass在哪裡買呢？

補票的時候用
표를 한장 끊어 주세요.
pyoleul hanjang kkeunh-eo juseyo.
請幫我補票。

談論火車停靠站的時候用
KTX가 이 역에 서요?
KTXga i yeog-e meomullyeoyo?
KTX有停這站嗎？

다음 역이 무슨역이에요?
da-eum yeog-i museun-yeog-ieyo?
下一站是哪一站？

談論發車時間的時候用
막차 시간이 몇시예요?
magcha sigan-i myeochsiyeyo?
末班車是幾點？

대전으로 가는 다음 기차가 몇시에 출발해요?
daejeon-eulo ganeun da-eum gichaga myeochsie chulbalhaeyo?
下一班到大田的火車幾點發車？

轉乘的時候用 갈아타야 돼요?
gal-ataya dwaeyo?
需要換車嗎？

어디서 갈아타야 돼요?
eodiseo gal-ataya dwaeyo?
要在哪裡換車？

韓國我來了！補充單字 *Track 063*

▶**기차** gicha 火車

▶**KTX** KTX列車（韓國2004年起開放搭乘的高速列車）

▶**SRT** SRT列車（韓國2016年起開放搭乘的超高速鐵路）

▶**열차** yeolcha 列車

▶**기차역** gijayeog 火車站

▶**매표 창구** maepyo chang-gu 售票口

▶**승강장/플랫폼** seung-gangjang/peullaespom 月台

▶**첫차** cheoscha 首班車

▶**막차** magcha 末班車

▶**차표** chapyo 車票

▶**승차권** seungchagwon 乘車券

▶**KR Pass** KR Pass（一定時間內可無限次搭乘KTX與一般列車的外國人專用票券）

▶**특식** teugsig 特別席（SRT高級車廂）

▶**일반식** ilbansig 一般席（SRT一般車廂）

▶**표를 끊다** pyoleul kkeunhda 補票

▶**갈아타다** gal-atada 轉乘

溫馨小提示

韓國的火車

▼

往來韓國各城市間最便利交通方式之一就是搭乘火車，韓國的火車依列車速度與內部設施分為高速列車**SRT**、高速列車**KTX**、**KTX**-山川、新村號、**ITX**-新村號與無窮花號，車資也各自不同。以「京釜線」與「湖南線」為主軸，其他還有連接「麗水」或「昌原」等其他地區的「全羅線」與「京田線」。而外國遊客若使用在一定時間內可無限次搭乘**KTX**與一般列車的外國人專用票券「**KR Pass**」，便能以更優惠的價格進行韓國鐵路之旅。

04 搭乘地鐵
지하철 타기

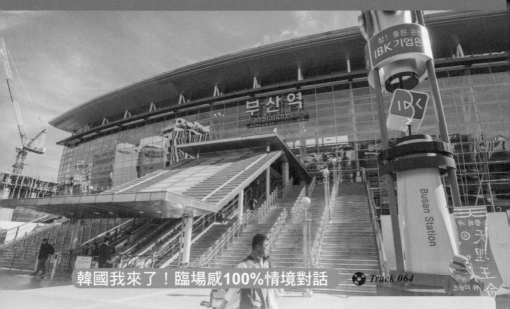

韓國我來了！臨場感100%情境對話　🎧 Track 064

A: 저기요, 이근처에 있는 지하철역이 가까워요?

jeogiyo, igeuncheoe issneun jihacheol-yeog-i gakkawoyo?

B: 아주 가까워요. 이 길로 2분 정도 "신촌역" 이라는 지하철역에 갈 수 있어요.

aju gakkawoyo. i gillo 2bun jeongdo "sinchon-yeog"ilaneun jihacheol-yeog-e gal su iss-eoyo.

A: 감사합니다, 질문 하나 더 있어요.

gamsahabnida, jilmun hana deo iss-eoyo.

B: 하세요.

haseyo.

A: 不好意思，請問附近的地鐵站離這裡近嗎？

B: 很近，直走約2分鐘可以到達地鐵「新村站」。

A: 謝謝，我還有個問題想請教您。

B: 請説。

A: 여기서 시청역에 가려면 지하철을 어떻게 타야 돼요?

yeogiseo sicheong-yeog-e galyeomyeon jihacheol-eul eotteohge taya dwaeyo?

A: 請問我要從這裡去地鐵市廳站的話，該怎麼搭車呢？

B: 신촌역에서 이쪽으로 오는 지하철타고 지하철역 3개를 지나면 시청역 도착해요.

sinchon-yeog-eseo ijjog-eulo oneun jihacheoltago jihacheol-yeog 3gaeleul jinamyeon sicheong-yeog dochaghaeyo.

B: 從新村站坐往這個方向的列車，經過3站就到了。

A: 알겠습니다, 감사합니다.

algessseubnida, gamsahabnida.

A: 我知道了，謝謝。

▼各種交通方式

04 搭乘地鐵 **지하철 타기**

詢問地鐵站的時候用

이 근처에 지하철역이 있어요?
i geuncheoe jihacheol-yeog-i iss-eoyo?
請問附近有地鐵站嗎？

제일 가까운 지하철역에 어떻게 가야 돼요?
jeil gakkaun jihacheol-yeog-e eotteohge gaya dwaeyo?
請問最近的地鐵站怎麼走？

談論所需時間的時候用

얼마나 걸려요?
eolmana geollyeoyo?
請問要搭要多久呢？

지하철역을 몇 개 지나야 돼요?
jihacheol-yeog-eul myeoch gae jinayo?
請問要搭幾個站呢？

詢問下車地鐵站與出口

어느 역에서 내려야 돼요?
Eoneu yeog-eseo naelyeoya dwaeyo?
請問要在哪一站下車呢？

몇 번출구로 나가야 돼요?
myeoch beonchulgulo nagaya dwaeyo?
請問要從哪個出口走出來呢？

▼各種交通方式

❹搭乘地鐵 지하철 타기

韓國我來了！補充單字 🎵 *Track 066*

▶ **지하철** jihacheol 地鐵

▶ **열차** yeolcha 列車

▶ **지하철역** jihacheol-yeog 地鐵站

▶ **교통카드 판매 & 충전기** gyotongkadeu panmae & chungjeongi （T money）販賣機

▶ **~호선** ~hoseon 〜號線

▶ **노약자석** noyagjaseog 博愛座

▶ **충전** chungjeon 儲值

▶ **갈아타다** gal-atada 轉乘

▶ **물품보관함** mulpumbogwanham 置物櫃

溫馨小提示

韓國的地鐵
▼

在韓國，搭乘地鐵遊玩各個主要觀光景點是最方便的交通方是，從首爾首都圈，以及釜山、大邱、光州、大田等地皆設有地鐵。若要搭乘地鐵首先要購買韓國的悠遊卡／一卡通：T money，或者外國旅客優惠票券M Pass等；這些交通卡可在地鐵站內之「單次交通卡自動販售/儲值機」進行購買。現在首都圈的地鐵共分為1～９號線，每條路線皆配有其代表色。各地地鐵依其規定不同，也有不同的收費標準，以首爾為例（2022年更新資訊），交通卡(T-Money等) 10公里以內之基本車資為成人（19歲以上）1,250韓元；青少年（13~18歲）720韓元；兒童（7~12歲）450韓元；6歲以下之嬰幼兒免費。

05/步行

걷기

韓國我來了！臨場感100%情境對話 🎧 *Track 067*

A: 이 가게에 가려고 하는데 여기에서 가까워요?
I gagee galyeogo haneunde yeogieseo gakkawoyo?

B: 가깝지도 않고 멀지도 않아요.
gakkabjido anhgo meoljido anh-ayo.

A: 걸어서 갈 수 있어요?.
geol-eoseo gal su iss-eoyo?

B: 네. 버스로 갈 수 도 있는데 걸으면 더 빨리 갈 수 있어요.
ne. beoseulo gal su do issneunde geol-eumyeon deo ppalli gal su iss-eoyo.

A: 그렇군요.
geuleohgun-yo.

A: 不好意思，我想去這間店，請問它離這裡近嗎？

B: 不算近，但也不是很遠。

A: 用走的到得了嗎？

B: 可以。搭公車也到得了，但用走的比較快到。

A: 這樣啊。

B: 네. 이 쪽으로 쭉 가서 기차역 앞쪽 상점가를 지나가면 바로 이 가게가 나와요.

ne. i jjog-eulo jjug gaseo gichayeog apjjog sangjeomgaleul jinagamyeon balo I gagega nawayo.

A: 감사합니다.

gamsahabnida.

B: 嗯。你從這個方向一直直走，穿過車站前的商店街之後馬上就能看到了。

A: 謝謝。

▼各種交通方式

05 步行 걷기

韓國我來了！實用延伸單句會話 ▶ 🔴 Track 068

談論所需時間的時候用

걸으면 얼마나 걸려요?

geol-eumyeon eolmana geollyeoyo?
請問用走的要多久呢？

한 15분이 걸려요.

han sibobuni geollyeoyo.
大概15分鐘左右就會到了。

指路的時候用

쭉 가세요

jjug gaseyo.
請直走。

연세로3길에서 오른쪽으로 돌아 가세요.

yeonselo3gil-eseo oleunjjog-eulo dol-a gaseyo.
請在延世路三段右轉。

슈퍼마켓을 지나가세요.

syupeomakes-eul jinagaseyo.
請走超過超市。

指出位置的時候用

블록 2개를 지나면 보여요.

beullog 2gaeleul jinamyeon boyeoyo.
過了2個街區後就會看到。

은행 건너편에 있어요.

eunhaeng geonneopyeon-e iss-eoyo.
就在銀行的對面。

우체국 옆에 있어요.

uchegug-yeop-e iss-eoyo
就在郵局隔壁。

韓國我來了！補充單字　🎧 *Track 069*

- ▶**걷다** geodda 走
- ▶**쭉** jjug 直的
- ▶**돌다** dolda 轉彎
- ▶**건너편** geonneopyeon 對面
- ▶**옆에** yeop-e 旁邊
- ▶**앞에** ap-e 前面
- ▶**뒤에** dwie 後面
- ▶**멀다** meolda 遠
- ▶**가깝다** gakkabda 近
- ▶**구역** guyeog 街區
- ▶**길 끝** gil ggeut 路的盡頭
- ▶**횡단보도** hoengdanbodo 斑馬線
- ▶**육교** yuggyo 天橋
- ▶**계단** gyedan 樓梯

▼
各種交通方式

05 步行 걷기

韓國成功問路的小撇步

1. 盡量使用韓語開頭：

韓國的路人通常對英文開頭的「Excuse me.」有尷尬的感覺，有很多人因為不擅長聽說英文可能會搖搖頭或手快步離去，所以請多用韓文：「처기요.」或者「죄송한데요.」打招呼，等對方停下腳步之後，盡可能用會的韓文夾雜簡化英文，才能增加問路成功率。

2. 用漫遊網路搜尋/下載地圖 App，出示中韓文地圖：

如果你沒有十足把握可以唸對地名，可以指給對方看。

3. 手機截圖中韓文標示地圖：

可以準備好中韓文標示的當地地圖，請路人幫忙指路。

Chapter 3

韓國我來了！

飯店住宿篇

01 電話預訂
전화로 예약하기

韓國我來了！臨場感100%情境對話 *Track 070*

A: 안녕하십니까? 서울 포시즌스호텔입니다.
annyeonghasibnikka? seoul posijeunseuhotel-ibnida.

A: 您好，這裡是首爾四季飯店。

B: 객실 예약을 하려고 하는데요.
gaegsil yeyag-eul halyeogo haneundeyo.

B: 我想要訂房。

A: 예약말입니까? 감사합니다. 언제 묵을 예정이세요?
yeyagmal-ibnikka? gamsahabnida. eonje mug-eul yejeong-iseyo?

A: 訂房嗎，非常謝謝您。請問您是何時要住房呢？

B: 7월 19일부터 3박이요.
chil-wol sibgu-ilbuteo setbag-iyo.

B: 7月19日起住3個晚上。

A: 7월 19일부터 3박이라고요? 몇분이시고 원하시는 방 유형이 있으세요?
chil-wol sibgu-il-ilbuteo setbag-ilagoyo? myeochbun-isigo wonhasineun bang yuhyeong-i iss-euseyo?

A: 7月19日開始3晚對嗎？您的住房人數和想要的房間類型是？

B: 사람이 4명이고 더블룸 두 방으로 예약해 주세요.
salam-i netmyeong-igo deobeullum du bang-eulo yeyaghae juseyo.

B: 4個人，請給我兩間雙床房。

A: 더블룸 두방이고 4분이 맞습니까? 제가 먼저 확인해 드릴게요. 잠시만 기다리세요.
deobeullum dubang-igo netbun-i majseubnikka? jega meonjeo hwag-inhae deulilgeyo. jamsiman gidaliseyo.

A: 兩間雙床房共4位對吧。我確認一下預約情形，請您稍等一會。

韓國我來了——飯店住宿篇

Chapter
3

Part 1
Part 2
Part 3

▼
預訂房間

01
電話預訂 전화로 예약하기

(한참 뒤)························

（過了一會）························

A: 더블룸 두 방으로 예약해 드리겠습니다. 감사합니다.
deobeullum du bang-eulo yeyaghae deuligesssseubnida. gamsahabnida.

A: 為您預約兩間雙床房，感謝您。

韓國我來了！實用延伸單句會話 🎧 *Track 071*

전화해 주셔서 감사합니다.
Jeonhwahae jusyeoseo gamsahabnida.
感謝您的來電。

전화를 끊지 말고 기다려 주세요.
jeonhwaleul ggeunji malgo gidalyeo juseyo.
請於線上稍後，不要掛斷電話。

한 번 더 말씀해 주세요.
han beon deo malsseumhae juseyo.
麻煩你再説一次。

몇 박에 묵으실 거예요?
myeoch bag-e mug-eusil geoyeyo?
您要留宿幾晚呢？

몇 시에 체크인하실 거예요?
myeoch sie chekeu-inhasil geoyeyo?
您預計幾點會登記入住呢？

回覆空房情況的時候用

죄송한데 8월19일은 이미 방이 꽉 찼습니다.
joesonghande pal-wolsibgu-il-eun imi bang-i kkwag chassseubnida.
非常抱歉， 8月19日已經客滿了。

詢問可否代收物品的時候用

물건을 거기에 보내도 돼요?
mulgeon-eul geogie bonaedo dwaeyo?
可以把東西寄到你們那裡嗎？

▶**숙박** sugbag 住宿

▶**묵다** mugda 住宿

▶**방** bang 房間

▶**객실** gaegsil 客房

▶**빈 방/객실** bin bang/gaegsil 空房

▶**만원** man-won 客滿

▶**확인(하다)** hwag-in(hada) 確認

▶**준비(하다)** junbi(hada) 準備

▶**이용(하다)** iyong(hada) 利用、使用

02 詢問房型
방유형 묻기

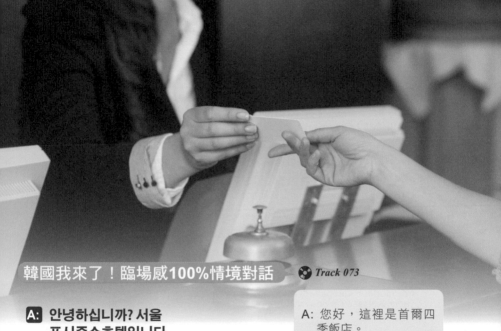

韓國我來了！臨場感100%情境對話 🔘 *Track 073*

A: 안녕하십니까? 서울 포시즌스호텔입니다.
annyeonghasibnikka? seoul posijeunseuhotel-ibnida.

B: 방유형을 알고 싶은데 소개 좀 해주실 수 있으세요?.
bang-yuhyeong-eul algo sip-eunde sogaehae jom jusil su iss-euseyo?

A: 네.
ne.

저희 객실은 싱글룸, 더블룸, 트윈룸이 있습니다.
jeoui gaegsil-eun sing-geullum, deobeullum, teuwinlumi-issseubnida.

A: 您好，這裡是首爾四季飯店。

B: 我想了解一下你們那邊的房型，能請你幫我介紹嗎？

A: 好的。

本館的客房種類基本上有單人房、雙人房和雙床房。

그리고 이 3타입의 방이 각각 특급 객실과 일반 객실 있는데 특듭 객실이 더 크고 일반 객실이 좀 좁습니다.

i settaib-ui bang-i gaggag teuggeub gaegsilgwa ilban gaegsil issneunde teugdeub gaegsil-i deo keugo ilban gaegsil-i jom jobseubnida.

三種客房又再各自分成一般和特別兩個等級，一般房型的房間稍小，特別的房間則較寬敞。

B: 객실안에서 무료 와이파이를 연결할 수 있나요?

gaegsil-an-eseo mulyo waipaileul yeongyeolhal su issnayo

B: 房內可使用無線網路嗎？

A: 네. 모든 객실안에서 무료 와이파이를 연결할 수 있습니다.

ne. modeun gaegsil-an-eseo mulyo waipaileul yeongyeolhal su issseubnida

A: 可以，全部的客房都能夠免費使用無線網路。

B: 알겠습니다. 8월1일에 일반더블룸은 빈객실이 있어요?

algess-eubnida.pal-wol-il-il-e ilbandeobeullum-eun bingaegsil-i iss-eoyo?

B: 我知道了。8月1日標準雙人房還有空房嗎？

A: 죄송한데 8월1일에 일반더블룸은 현재 만원입니다. 하지만 트윈룸은 예약할 수 있습니다.

Joesonghande pal-wol-il-il -e ilbandeobeullum-eun hyeonjae man-won-ibnida. hajiman teuwinlum-eun yeyaghal su issseubnida.

A: 非常抱歉，標準雙人房當天已經客滿了。但是雙床房還能預約。

B: 그럼 트윈룸 한 방을 예약해 주세요.

geuleom teuwinlum han bang-eul yeyaghae juseyo.

B: 那就幫我預約一間雙床房。

韓國我來了！實用延伸單句會話 **Track 074**

詢問房型的時候用

어떤 객실을 예약하시겠습니까?
eoddeon gaegsil-eul yeyaghasigessseubnikka?
您要預訂哪種房型？

어떤 스타일의 객실이 좋으세요?
eoddeon seutail-ui gaegsil-i joh-euseyo?
您想要怎樣的房型？

모든 객실안에서 전면 금연입니다.
modeun gaegsil-an-eseo jeonmyeon geum-yeon-ibnida
所有房間房內全面禁菸。

詢問住房人數的時候用

묵을 분이 몇분이세요?
mug-eul bun-i myeochbun-iseyo?
請問是要預約幾位入住？

詢問房間數的時候用

객실 몇 개 예약하시겠습니까?
gaegsil myeoch gae yeyaghasigessseubnikka?
您要幾間房？

加床的時候用

침대를 추가해 주세요.
chimdaeleul chugahae juseyo.
請幫我加床。

韓國我來了！補充單字 — 🔘 *Track 075*

▶**호텔** hotel 旅館

▶**모텔** motel 汽車旅館

▶**비즈니스 호텔** bijeuniseu hotel 商務旅館

▶**캡슐 호텔** kaebsyul hotel 膠囊旅館

▶**게스트하우스** guesthouse 民宿

▶**한옥 게스트하우스**
han-og geseuteuhauseu 韓屋民宿

▶**싱글룸** sing-geullum 單人房

▶**더블룸** deobeullum 雙人房

▶**트윈룸** teuwinlum 雙床房

▶**삼인실/트리플 룸**
sam-insil/teulipeul lum 三人房

▶**스위트 룸** suite lum 套房（適合4人以上）

▶**특급** teuggeub 特別

▶**일반** ilban 一般

▶**침대추가** chimdae chuga 加床

溫馨小提示

韓國住宿─韓屋民宿
▼

相信很多人在看過韓國經典古裝劇《大長今》、《成均館緋聞》、《雲畫的月光》後，一定都對劇中的韓國傳統房屋─韓屋（한옥）不陌生吧？古色古香的木造建築和木製地板，簡潔而舒適的設計，到韓國旅遊怎麼能錯過遊覽韓屋呢？其實不只韓屋外部可供觀賞、遊覽，近年來推出許多設備整修後的韓屋民宿，有古代韓屋的外觀和現代化內部裝潢，可以在享受古代韓風的同時，保有現代生活機能的便利。雖然價位稍高於一般民宿，但還是低於一般3~4星級以上的旅館，有機會到韓國一遊的話千萬別錯過喔！

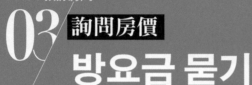

03 詢問房價
방요금 묻기

A: 안녕하십니까? 서울 포시즌스호텔입니다.
annyeonghasibnikka? seoul posijeunseuhotel-ibnida.

A: 您好，這裡是首爾四季飯店。

B: 4월17일 일반싱글룸을 예약하려고 하는데 요금이 얼마예요?
sawol sibchil-il ilbansing-geullum-eul yeyaghalyeogo haneunde yogeum-i eolmayeyo?

B: 我想訂4月17日的房間，那天標準單人房一晚多少錢？

A: 확인해 드릴게요. 잠시만 기다리세요.
hwag-inhae deulilgeyo. jamsiman gidaliseyo.

A: 我確認一下，請您稍候片刻。

4월17일이시지요? 4만원입니다.
sawol sibchil-il-isijyo? saman-won-ibnida..

4月17日對嗎？標準單人房是40000元。

B: 할인이 되나요?
hal-in-i iss-dwenayo?

B: 有什麼優惠方案嗎？

A: 지금 예약하면 90일전으로 예약이 할인을 적용할 수 있습니다.
jigeum yeyaghamyeon gusibiljeon-eulo yeyag-i hal-in-eul jeog-yonghal su issseubnida.

A: 現在預約的話，可適用90天前預約的早鳥方案。

요금이 10% 할인이되고 다른 할인도 있습니다.
yogeum-i sibpeosenteu hal-in-idoego daleun hal-indo issseubnida.

除了住宿費打九折以外，還會有幾項其他的優惠。

B: 인터넷 할인도 같이 적용할 수 있나요?
inteones hal-indo gati jeog-yonghal su issnayo?

B: 那它跟網路折扣能合用嗎？

韓國我來了——飯店住宿篇

Chapter
3

Part 1
Part 2
Part 3

預訂房間

03 詢問房價 방요금 묻기

A: 네. 물론입니다.
ne. mullon-ibnida.

B: 그럼 지금 예약해 주세요.
geuleom idaelo yeyaghae juseyo.

A: 是的，當然可以。

B: 那請現在幫我預約。

韓國我來了！實用延伸單句會話 💿 *Track 077*

詢問房價的時候用	**일 박에 요금이 얼마예요?** il bag-e yogeum-i eolmayeyo? 住一晚多少錢？
詢問折扣優惠的時候用	**연이어 묵으면 할인이 있어요?** yeonieo mug-eumyeon hal-in-i iss-eoyo? 連續住房會有折扣嗎？
詢問是否附早餐的時候用	**아침이 제공되나요?** achimi jegondwenayo? 有附早餐嗎？
詢問付費方式的時候用	**요금을 미리 지불해야 돼요?** yogeum-eul mili jibulhaeya dwaeyo? 費用是先付嗎？
	당일에 지불하면 됩니다. dang-il-e jibulhamyeon doebnida. 當日支付。
談論到取消費用的時候用	**당일에 예약을 취소하거나 연락도 없이 숙박하지 않는 분이 100% 요금을 지불해야 합니다.** dang-il-e yeyag-eul chwisohageona yeonlagdo eobs-i sugbaghaji anhneun bun-i baegpeosenteu yogeum-eul jibulhaeya habnida. 當天取消預約或未經聯絡放棄住宿將須繳納100%的住宿費用。

▶**할인** hal-in 優惠

▶**증정품** jeungjeongpum 贈品

▶**연이어 묵다** yeonieo mugda 連住

▶**객실/방 요금** gaegsil/bang yogeum 住宿費

▶**평일** pyeong-il 平日

▶**휴일** hyuil 假日

▶**공휴일** gonghyuil 國定假日

▶**연휴** yeonhyu 連假

▶**조식 포함** josig poham 附早餐

▶**조식 불포함** josig bulpoham 不附早餐

▶**저녁, 아침 삭사 부가** jeonyeog, achim sagsa buga 附午晚餐

01 入住登記

체크인 하기

A: 안녕하세요. 예약했는데
체크인하려고요.
annyeonghaseyo. yeyaghaessneunde chekeu-inhalyeogoyo.

A: 您好。我已經有訂房了，要辦理入住登記。

B: 안녕하세요. 예약번호를 알려 주세요.
annyeonghaseyo. Yeyagbeonholeul allyeo juseyo.

B: 您好。請給我您的預約編號。

A: 1234-56이에요.
il-isamsa-oyug-ieyo.

A: 1234-56。

B: 진엘크 씨맞습니까?
jin-elkeu ssimajseubnikka?

B: 是陳艾克先生對嗎？

A: 맞아요.
maj-ayo.

A: 對。

B: 현금으로 지불하시겠어요? 카드로
지불하시겠어요?
hyeongeum-eulo jibulhasigess-eoyo? kadeulo jibulhasigess-eoyo?

B: 您要付現還是刷卡呢？

A: 카드로요.
kadeuloyo.

A: 刷卡。

B: 네. 그럼 카드 좀 주시겠어요?
ne. geuleom kadeu jom jusigess-eoyo.

B: 好的。那麼可以借我一下您的卡片嗎？

A: 여기예요.
yeogiyeyo..

A: 在這裡。

B: 여기에 사인해 주세요.
yeogie sainhae juseyo.

B: 請在這邊簽名。

辦理入住登記的時候用

체크인하려고요.
chekeu-inhalyeogoyo.
我要登記入住。

몇시에 체크인 할 수 있어요?
myeochsie chekeu-in hal su iss-eoyo?
幾點可以登記入住呢？

일찍 체크인 할 수 있어요?
iljjig chekeu-in hal su iss-eoyo?
能夠提早登記入住嗎？

會延遲抵達的時候用

늦게 도착할 거예요. 예약을 취소하지 마세요.
neujge dochaghal geoyeyo. yeyag-eul chwisohaji maseyo.
我會晚到，請不要取消我的預約。

要求房間位置的時候用

전망이 보이는 방으로 해 주세요.
jeonmang-i boineun bang-eulo hae juseyo.
能給我看得到窗景的房間嗎？

옆 방으로 해 주세요.
yeop bang-eulo hae juseyo
請給我們相鄰的房間。

詢問旅館關門時限的時候用

몇 시까지 돌아가야 돼요?
myeoch sikkaji dol-agaya dwaeyo?
幾點前應該要回來呢？

領取事先寄送的東西時用

제가 보낸 물건을 받았어요?
jega bonaen mulgeon-eul bad-ass-eoyo?
我之前寄來的東西送到了嗎？

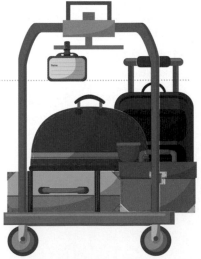

▼
辦
理
入
住

01 入住登記 체크인 하기

韓國我來了！補充單字　🎵 *Track 081*

▶**체크인(하다)** chekeu-in(hada) 登記入住

▶**예약번호** yeyagbeonho 預約號碼

▶**룸 키** lum ki 房間鑰匙卡

▶**키 카드** ki kadeu 房卡

▶**문 닫는 시간제한**
mun dadneun siganjehan　關門時限

▶**인근** ingeun 相鄰的

▶**전망** jeonmang 窗景

▶**기재하다** gijaehada 填寫

▶**사인(하다)** sain(hada) 簽名

▶**현금** hyeongeum 現金

▶**(신용)카드** (sin-yong)kadeu 信用卡

02 飯店設施
호텔 시설

韓國我來了！臨場感100%情境對話　💿 *Track 082*

A: 내일 아침을 어디에서 먹어야 돼요? .
naeil achim-eul eodieseo meog-eoya dwaeyo?

B: 1층에 있는 카페테리아입니다. 7시부터 제공 됩니다.
ilcheung-e issneun kapeteliaibnida. ilgobsibuteo jegong deobnida.

A: 알겠습니다. 그리고 자판기가 있어요?
algess-seubnida. geuligo japangiga iss-eoyo?

B: 네, 각 층에서 한 대씩 있습니다.
ne, gag cheung-eseo han daessig issseubnida.

A: 아, 사우나 위치를 아직 모르겠네요.
a, sauna wichileul ajig moleugessneyo.

A: 明天的早餐是在哪邊吃呢？

B: 是在一樓自助餐廳。早上7點開始供餐。

A: 我知道了。還有，館內有販賣機嗎？

B: 有，各樓層的電梯旁邊都有設置1台。

A: 對了，我還不曉得三溫暖的位置呢。

韓國我來了──飯店住宿篇

Chapter
3

Part 1
Part 2
Part 3

辦理入住

02 飯店設施 호텔 시설

B: 죄송합니다. 사우나가 7층과 8층에 있습니다. 7층이 여성전용이고 8층이 남성전용입니다. 가기전에 모두 확인해 보세요.
joesonghabnida. saunaga chilcheung-gwa palcheung-e issseubnida. chilcheung-i yeoseongjeon-yong-igo palcheung-i namseongjeon-yong-ibnida. gagijeon-e modu hwag-inhae boseyo.

B: 不好意思，三溫暖在7樓和8樓，7樓是男區；8樓是女區，前往前請先確認完畢。

A: 네.
ne.

A: 好的。

B: 그럼 잘 쉬세요.
geuleom jal swiseyo

B: 那麼，請好好休息。

韓國我來了！實用延伸單句會話 *Track 083*

詢問有無相關設施的時候用
엘리베이터가 있어요?
ellibeiteoga iss-eoyo?
請問有電梯嗎？

詢問設施位置的時候用
게임룸이 어디에 있어요?
geimlum-i eodie iss-eoyo?
請問娛樂室在哪？

詢問設施開放時間的時候用
사우나 개방시간은 몇 시까지예요?
sauna gaebangsigan-eun myeoch sikkajiyeyo?
三溫暖開到幾點？

詢問設施人數限制的時候用
회의실은 최대 몇 명까지 사용할 수 있어요?
hoeuisil-eun choedae myeoch myeongkkaji sayonghal su iss-eoyo?
會議室最多可供幾人使用？

詢問設施使用方法的時候用
세탁기 사용방법을 알려 주세요.
setaggi sayongbangbeob-eul allyeojuseyo.
請教我怎麼使用自助洗衣。

▶**로비** lobby 大廳

▶**카운터/안내소** kaunteo/annaeso 櫃台/服務台

▶**연회장** yeonhoejang 宴會廳

▶**게임룸** geimlum 娛樂室

▶**강당** gangdang 會議室

▶**체육관** cheyuggwan 健身房

▶**수영장** suyeongjang 游泳池

▶**사우나** sauna 三溫暖

▶**노래방** nolaebang KTV

▶**자판기** japangi 販賣機

▶**소화기** sohwagi 滅火器

▶**엘리베이터** ellibeiteo 電梯

▶**세탁기** setaggi 自助洗衣

▶**뷔페** bwipe 自助餐

▶**빵집/제과점** ppangjib/jegwajeom 烘培坊

▶**바** bar 酒吧

▶**커피숍** keopisyob 咖啡廳

韓國我來了！各式各樣的飯店設施

辦理入住

02 飯店設施 호텔 시설

카운터/안내소　櫃台

로비　大廳

수영장　游泳池

셔틀버스　接駁車

엘리베이터　電梯

게임룸　娛樂室

연회장　宴會廳

룸키　房卡

韓國我來了——飯店住宿篇

Chapter
3

Part 1
Part 2
Part 3

▼
辦理入住

02 飯店設施 호텔시설

사우나　三溫暖

회의실　會議室

자판기　販賣機

소화기　滅火器

체육관　健身房

03 客房服務
룸서비스

韓國我來了！臨場感100%情境對話　🔘 *Track 085*

A: 룸서비스를 부탁합니다.
lumseobiseuleul butaghabnida.

A: 我想點客房服務。

B: 네. 뭘 드시겠습니까?
ne. mwol deusigessseubnikka?

B: 好的，請問您要些什麼呢？

A: 파스타 하나하고 와인을 주세요.
paseuta hanahago wain-eul juseyo.

A: 給我一份義大利麵和紅酒。

B: 더 필요한 거 없으세요?
deo pil-yohan geo eobs-euseyo?

B: 其他還需要什麼嗎？

A: 네. 이렇게만 주세요. 8시에 가져다 주실 수 있으세요?
ne. ileohgeman juseyo. yeodeolbsie gajyeoda jusil su iss-euseyo?

A: 沒有，就這些。能請你們8點送來嗎？

B: 네.
ne.

B: 好的。

(식사를 드릴때) ....

（餐點送來了） ....

A: 식사를 드리겠습니다.
sigsaleul deuligessseubnida.

A: 不好意思，為您送上您的餐點。

B: 거기에 놓아 주세요.
geogie noh-a juseyo.

B: 請放在那邊。

韓國我來了──飯店住宿篇

Chapter
3

Part 1

Part 2

Part 3

▼
辦理入住

03 客房服務 룸서비스

韓國我來了！實用延伸單句會話 ▶ 🔘 Track 086

收拾餐具的時候用	**잘 먹었습니다. 치워 주세요.** jal meog-eossseubnida. chiwo juseyo. 我吃完了，請幫我收拾餐具。
	잘 드시면 저희에게 알려 주세요. jal deusyimeon jeoiege allyeo juseyo. 用餐完畢請告知我們。
打掃房間的時候用	**깨우지 마세요.** kkaeuji maseyo. 不要吵醒我。
	청소해 주세요. cheongsohae juseyo. 請打掃房間。
詢問WiFi密碼的時候用	**와이파일 비밀번호를 알려 주세요.** waipail bimilbeonholeul allyeo juseyo. 請告訴我WiFi的密碼。
要求晨喚服務的時候用	**내일 7시에 깨워 주세요.** naeil ilgobsie kkaewo juseyo. 明天早上7點請叫我起床。
要求洗衣服務的時候用	**빨래를 해주세요.** ppallaeleul haejuseyo. 我想託你們洗衣服。
	언제 빨래를 받을 수 있어요. eonje ppallaeleul bad-eul su iss-eoyo. 什麼時候會好呢？

▶**룸서비스** lumseobiseu 客房服務（通常指客房內的餐飲服務）

▶**카트** kateu 手推車

▶**청소** cheongso 打掃

▶**침대 정리** chimdae jeongli 整理床鋪

▶**빨래하다** ppallaehada 洗衣

▶**드라이클리닝(하다)** deulaikeullining(hada) 乾洗

▶**다리다** dalida 熨燙

▶**빨래** ppallae 待洗的衣物、洗好的衣物

▶**세탁망** setagmang 洗衣袋

▶**모닝콜** moningkol 晨喚服務

▶**완성** wanseong 完成

▶**정리** jeongli 整理

▶**맡기다** matgid 委託

04 享受三溫暖
사우나 즐기기

A: 사우나 이용시간이 몇 시부터 몇 시까지예요?

sauna iyongsigan-i myeoch sibuteo myeoch sikkajiyeyo?

A: 三溫暖開放的時間是從幾點到幾點？

B: 새벽 3시부터 4시까지 청소시간제외에 언제든지 사용할수 있습니다.

saebyeog samsibuteo netsikkajiui jeongsosigan-jeoe eonjedeunji sayonghalsu issseubnida.

B: 除了凌晨3點到4點之間的清潔時間以外，隨時都可以使用。

A: 가족 목욕탕을 제공한다고 들었는데요.

gajog mog-yogtang-eul jegonghandago deul-eossneundeyo.

A: 聽說你們有家庭浴室。

B: 네.

ne.

B: 是的。

A: 요금을 내야 돼요?

yogeum-eul naeya dwaeyo?

A: 需要額外付費嗎？

B: 아니요. 무료입니다. 하지만 사용횟수는 한 번입니다.

aniyo. mulyoibnida. hajiman sayonghoes-suneun han beon-ibnida.

B: 不用，是免費的。不過僅限使用一次。

A: 예약해야 돼요?

yeyaghaeya dwaeyo?

A: 需要預約嗎？

B: 네. 카운터에서 예약하세요.

ne. kaunteoeseo yeyaghaseyo.

B: 要。麻煩您至櫃台預約。

泡太久的時候用	**멀미가 나요.** meolmiga nayo. 我有點泡暈頭了。
要先離開的時候用	**먼저 나갈게요.** meonjeo nagalgeyo. 我先出去了。
讚美三溫暖的時候用	**정말 편한 사우나네요!** jeongmal pyeonhan saunaneyo! 真是舒適的三溫暖。
點餐的時候用	**계란과 식혜를 주세요.** gyelangwa sighyeleul juseyo. 請給我雞蛋和甜米露。
	라면 하나 주세요. lamyeon hana juseyo. 請給我一碗泡麵。
詢問相關服務的時候用	**전신맛사지가 얼마예요?** jeonsinmas-sajiga eolmayeyo? 請問全身按摩服務要多少錢？
	때밀이가 얼마예요? ttaemil-iga eolmayeyo? 請問搓澡要多少錢？

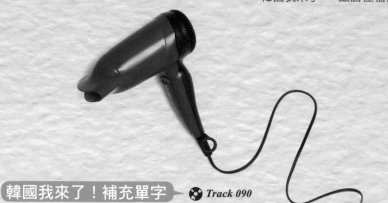

韓國我來了──飯店住宿篇

Chapter
3

Part 1

Part 2

Part 3

▼ 辦理入住

04 享受三溫暖 사우나 즐기기

韓國我來了！補充單字 🎧 *Track 090*

▶ **사우나** sauna 三溫暖

▶ **찬물** chanmul 冷水

▶ **목욕탕** mog-yogtang 浴池

▶ **바가지** bagaji 洗澡時使用的小瓢子

▶ **수건** sugeon 毛巾

▶ **타월** taol 浴巾

▶ **샤워** syawo 淋浴

▶ **때밀이** ttaemil-i 搓澡

▶ **전신맛사지** jeonsinmasaji 全身按摩

▶ **아로마마사지** alomamasaji 全身精油按摩

▶ **샴푸** syampu 洗髮精

▶ **샤워젤** syawojel 沐浴乳

▶ **비누** binu 肥皂

▶ **린스** linseu 潤髮乳

▶ **컨디셔너** keondisyeoneo 護髮乳

▶ **헤어드라이기** heeodeulaigi 吹風機

05 抱怨投訴
불만과 불편하기

A: 여보세요. 카운터입니다.
yeoboseyo. kaunteoibnida.

A: 您好，這裡是櫃台。

B: 죄송한데 직원 한분만 보내 주실 수 있으세요?
joesonghande jig-won hanbunman bonae jusil su iss-euseyo?

B: 請你們派個人過來。

A: 무슨일이세요?
museun-il-iseyo?

A: 怎麼了嗎？

B: 텔레비전을 볼 수 없어요.
tellebijeon-eul bol su eobs-eoyo.

B: 電視沒辦法看。

A: 알겠습니다. 직원 바로 보내겠습니다. 방에서 잠시만 기다려 주세요.
jig-won balo bonaegessseubnida. bang-eseo jamsiman gidalyeo juseyo.

A: 我知道了。工作人員馬上過去，請您在房內稍候。

(확인후)

（確認狀況後）

B: 상황이 어때요?
sanghwang-i eottaeyo?

B: 情況怎樣？

A: 고장이 났봅니다. 불편을 끼쳐서 죄송합니다. 다른 방을 준비해 드릴게요.
gojang-in assbobnida. bulpyeon-eul kkichyeoseo joesonghabnida. dal-eun bang-eul junbihae deulilgeyo.

A: 看來是故障了。非常抱歉給您添了麻煩。我們現在立刻為您準備別的房間。

▼ 辦理入住

05 抱怨投訴 불만과 불편하기

韓國我來了！實用延伸單句會話 🎯 *Track 092*

抱怨空調問題的時候用	**에어컨은 작동이 안 돼요.** eeokeon-eun jagdong-i an dwaeyo. 空調不能運作。

抱怨浴廁問題的時候用	**화장실 물을 내릴 수 없어요.** hwajangsil mul-eul naelil su eobs-eoyo. 廁所無法沖水。

뜨거운 물이 나오지 않아요.
tteugeoun mul-i naoji anh-ayo.
放不出熱水。

抱怨環境問題的時候用	**침대가 정리되지 않았어요.** chimdaega jeonglidoeji anh-ass-eoyo. 床鋪沒有整理。

방안에 벌레가 있어요.
bang-an-e beollega iss-eoyo.
房間裡有蟲。

물이 세요.
mul-i saeyo.
在漏水。

抱怨門鎖問題的時候用	**문을 잠글 수 없어요.** mun-eul jamgeul su eobs-eoyo. 門沒辦法鎖。

抱怨電燈問題的時候用	**불을 켤 수 없어요.** bul-eul kyeol su eobs-eoyo. 電燈打不開。

불이 깜박거려요.
bul-i kkambaggeolyeoyo.
電燈在閃爍。

▶**불편** bulpyeon 抱怨

▶**고장(하다)** gojang(hada) 故障

▶**작동되다** jagdongdoeda 運作

▶**더럽히다** deoleobhida 弄髒

▶**물을 내리다** mul-eul naelida
沖水

▶**막히다** maghida 阻塞

▶**에어컨** eeokeon 空調/冷氣

▶**난방** nanbang 暖氣

▶**테레비전** telebijeon 電視

▶**불** bul 電燈

▶**물이 새다** mul-i saeda 漏水

▶**안 좋은 냄새가 나다**
an joh-eun naemsaega nada 有異味

▶**벌레** beolle 蟲

▶**시끄럽다** sikkeuleobda 嘈雜

01 結帳退房
체크아웃 하기

韓國我來了！臨場感100%情境對話 🎧 *Track 094*

A: 체크아웃하겠습니다.
chekeuaushagess-eubnida.

A: 我要辦理退房。

B: 네. 룸카드를 받았습니다. 이 명세서를 확인해 보세요.
ne. lumkadeuleul bad-assseubnida. i myeongseseoleul hwag-inhae boseyo.

B: 好的。已收到您的房卡。請確認這份帳單。

A: 무슨 비용이에요?
museun biyong-ieyo?

A: 這是什麼費用？

B: 사우나 요금이요. 사우나 사용자에게 받아야 하는 비용입니다.
sauna yogeum-iyo. sauna sayongja-ege badaya haneun biyong-ibnida.

B: 這是三溫暖費用，是向使用三溫暖的房客收取的費用。

A: 알겠습니다. 그럼 이 금액 맞네요.
algessseubnida. geuleom i geum-aeg majneyo.

A: 這樣啊。金額沒錯。

B: 현금으로 지불하시겠습니까? 카드로 지불하시겠습니까?
hyeongeum-eulo jibulhasigessseubnikka? kadeulo jibulhasigessseubnikka?

B: 您是要付現還是刷卡呢？

A: 카드로요.
kadeuloyo.

A: 刷卡。

韓國我來了！實用延伸單句會話 🎵 *Track 095*

退房時間有所變動的時候用	**체크아웃 더 늦게 해도 돼요?** chekeuaus deo neujge haedo dwaeyo? 能晚點退房嗎？
	하루 앞당겨 체크아웃해도 돼요? halu apdang-gyeo chekeuaushaedo dwaeyo? 我想提早一天退房。
	계속 묵어도 돼요? gyesog mug-eodo dwaeyo? 可以續住嗎？
帳單有誤的時候用	**명세서 금액이 부정확해요.** myeongseseo geum-aeg-i bujeonghwaghaeyo. 帳單好像有誤。
寄放行李的時候用	**짐을 맡겨 놓아도 돼요?** jim-eul matgyeo noh-ado dwaeyo? 能讓我寄放行李嗎？
	맡겨놓은 짐을 지금 주실 수 있으세요? matgyeonoh-eun jim-eul jigeum jusil su iss-euseyo?. 我想領回我寄放的行李。
詢問是否有接駁車的時候用	**공항에 가는 셔틀버스가 있어요?** gonghang-e ganeun syeoteulbeoseuga iss-eoyo? 有前往機場的接駁車嗎？

韓國我來了！補充單字　🎧 *Track 096*

▶ **체크아웃하다** chekeuaushada　退房

▶ **명세서** myeongseseo　帳單

▶ **맡겨 놓다** matgyeo nohda　寄放

▶ **보관(하다)** bogwan(hada)　保管

▶ **보관증** bogwanjeung　寄放證

▶ **되돌려 받다** doedollyeo badda　領回

▶ **부정확하다** bujeonghwaghada　錯誤

▶ **계속** gyesog　繼續

▶ **뒤로 미루다** dwilo miluda　延後

▶ **총 금액** chong geum-aeg　總金額

02

물건 잃어버리기

🎧 *Track 097*

A: 안녕하십니까? 서울 포시즌스호텔입니다.

annyeonghasibnikka? seoul posijeunseuhotel-ibnida.

A: 您好，首爾四季飯店。

B: 죄송한데 제가 코트를 방안에 놓은 것 같아요.

joesonghande jega koteuleul bang-an-e noh -eun geos gat-ayo.

B: 不好意思，我好像把外套忘在房間裡了。

좀 확인해 주실 수 있으세요?

jom hwag-inhae jusil su iss-euseyo?

能請你們幫我查一下嗎？

A: 객실 번호를 말씀해 주세요.

gaegsil beonholeul malsseumhae juseyo.

A: 請您告訴我您的房間號碼。

B: 201호예요.

ibaeg-ilhoyeyo

B: 201。

A: 네. 바로 확인해 드릴게요. 잠시만 기다려 주세요.

ne. balo hwag-inhae deulilgeyo. jamsiman gidalyeo juseyo.

A: 好的。這邊為您確認，請您稍等。

맞습니다, 방안에 있습니다.

majseubnida, bang-an-e issseubnida.

是的。確實是在您的房內。

▼
辦理退房

02
遺忘物品 물건 잃어버리기

B: 제 집으로 보내 주실 수 있으세요?
je jib-eulo bonae jusil su iss-euseyo?

A: 좋습니다. 우편료는 착불도 괜찮으세요?
johseubnida. upyeonlyoneun chagbuldo
gwaenchanh-euseyo?

B: 네. 부탁드리겠습니다.
ne. butagdeuligessseubnida.

B: 可以請你們把它寄到
我家嗎？

A: 好的。郵資到付可以
嗎？

B: 可以，拜託你了。

韓國我來了！實用延伸單句會話 ── 🔘 *Track 098*

忘記物品的時候用	물건을 방안에 놓은 것 같아요. mulgeon-eul bang-an-e noh -eun geos gat-ayo. 我好像把東西忘在房裡了。
	키를 방안에 놓고 왔어요. kileul bang-an-e nohgo wass-eoyo. 我把鑰匙忘在房裡了。
提醒別人不要忘記物品的時候用	소지품을 잊어버리지 마세요. sojipum-eul ilj-eobeoliji maseyo. 請留意不要忘記您的隨身物品。
詢問有沒有人看到的時候用	~이/가 보여요? ~i/ga boyeoyo? 有看到～？
請對方描述物品的時候用	카메라가 어떤지 말씀해 주실 수 있으세요? kamelaga eotteonji malsseumhae jusil su iss-euseyo. 能請您告訴我是怎樣的相機嗎？
自行領取物品的時候用	내일 물건을 가지러 가려고 해요. naeil mulgeon-eul gajileo galyeogo haeyo. 我明天去拿。
	금요일까지 보관해 주실 수 있으세요? geum-yoilkkaji bogwanhae jusil su iss-euseyo? 能幫我保管到星期五嗎？

▶**물건을 잃어버리다**
mulgeon-eul ilh-eobeolida 忘記物品

▶**잃어버리다** ilh-eobeolida 忘記

▶**위치** wichi 放置

▶**확인(하다)** hwag-in(hada) 確認

▶**집** jib 家

▶**착불** chagbul 收件者支付郵資

▶**안에** an-e 裡面

▶**코트** koteu 外套

▶**키** ki 鑰匙

▶**찾다** chajda 找到、發現

▶**찾다** chajda 尋找

▶**보관함** bogwanham 保險箱

▶**메이크업 가방** meikeueob gabang 化妝包

溫馨小提示

在韓國東西遺忘了怎麼辦？

▼

如果在旅館內遺失物品怎麼辦？雖然最好的辦法還是在退房前仔細檢查一遍，確認沒有東西遺漏之後再離開，不過難免都有疏忽的時候，可能因為趕著要把東西收好退好，忙亂之下就遺漏了。一般來說，旅館會撿到房客遺漏的物品都是在清潔房間的時候，除了已開封或無法保存的食品以外，旅館都會先代為保管。所以發現自己忘記東西時，可以主動聯絡旅館詢問，如果不便親自返回領取，可詢問旅館是否可以貨到付款的方式代為郵寄。若是在外面如計乘車上等地方就必須致電或親自前往「首爾警察廳失物招領中心」地址： 首爾市西大門區統一路97號（서울시 서대문구 통일로 97호）電話: 182（韓），網址：https://www.lost112.go.kr/（英）

Chapter 4

韓國我來了！
觀光遊樂篇

01 索取資料
차료 찾기

韓國我來了！臨場感100%情境對話 🔘 *Track 100*

A: 저기요. 이걸 가져 가도 돼요?
jeogiyo. igeol gajyeo gado dwaeyo?

A: 不好意思，請問這個可以拿嗎？

B: 마음대로 가져 가세요.
ma-eumdaelo gajyeo gaseyo.

B: 請隨意拿。

A: 순환버스 시간표도 있어요?.
sunhwanbeoseu siganpyodo iss-eoyo?

A: 請問有循環公車的時刻表嗎？

B: 이 안내서에 게재돼 있습니다.
i sochaegja-e gejaehae issseubnida.

B: 剛才那本簡介冊子上就有刊載了。

A: 아! 맞네요. 죄송합니다. 못 봤어요.
a! majneyo. joesonghabnida. mos bwass-eoyo.

A: 啊，真的耶。抱歉，我沒看到。

B: 괜찮습니다. 그런데 어디에 가세요
gwaenchanhseubnida. geuleonde eodie gaseyo?

B: 沒關係。順便問一下，您是要去哪裡？

A: 응…생각좀 해 볼게요…역사박물관과 경복궁이요. 시간이 되면 창덕궁도 가보고 싶어요.
eung…saeng-gagjom hae bolgeyo… yeogsabagmulgwangwa gyeongboggung-iyo. sigan-i doemyeon changdeoggungdo gabogo sip-eoyo o.

A: 我想想喔……歷史博物館和景福宮。如果時間夠的話，也想去昌德宮看看。

B: 그럼, 1일권 사용하는걸 추천합니다.
3번이상 버스를 타면 더 이득이네요.
geuleom, ililgwon sayonghaneungeol
chucheonhabnida. sam beon-isang beoseuleul
tamyeon deo ideug-ineyo.

A: 알겠습니다. 감사합니다.
algessseubnida. gamsahabnida.

B: 那樣的話，我建議您使用一日券。要搭3次以上公車的話就很划算。

A: 我知道了，謝謝

韓國我來了！實用延伸單句會話 *Track 101*

尋找遊客中心的時候用
관광안내소가 어디에 있어요?
gwangwang-annaesoga eodie iss-eoyo?
請問遊客中心在哪？

어디에서 관광정보를 얻을 수 있어요?
eodieseo gwangwangjeongboleul eod-eul su iss-eoyo?
請問哪裡可以獲得觀光景點的資訊？

索取資料的時候用
외국인전용 여행안내서가 있어요?
oegug-injeon-yong yeohaeng-annaeseoga iss-eoyo?
請問有給外國人看的簡介冊子嗎？

어디에서 이 근처 관광지도를 구할 수 있어요?
eodieseo i geuncheo gwangwangjidoleul guhal su iss-eoyo?
請問哪裡可以拿到這附近的觀光地圖？

이거 중국어버전이 있어요?
igeo jung-gug-eobeojeon-i iss-eoyo?
這個有中文版的嗎？

說明個人狀況的時候用
제 예산이 빠듯해요
je yesan-i ppadeuthaeyo.
我預算很緊。

▶**관광안내소** gwangwang-annaeso 遊客中心

▶**관광객** gwangwang-gaeg 觀光客

▶**관광지도** gwangwangjido 觀光地圖

▶**관광지** gwangwangji 觀光景點

▶**관광 가이드** gwangwang gaideu 觀光導覽

▶**여행안내서** yeohaengannaeseo 觀光手冊

▶**쿠폰** kupon 優惠券

▶**할인권** hal-ingwon 折價券

▶**노선도** noseondo 路線圖

▶**시각표** sigagpyo 時刻表

▶**예산** yesan 預算

▶**정보** jeongbo 資訊

▶**순환버스** sunhwanbeoseu 循環公車

▶**주변** jubyeon 周邊、周圍

▶**산책(하다)** sanchaeg(hada) 散步

▶**게재(하다)** gejae(hada) 刊載

02 詢問景點
관광지 묻기

韓國我來了！臨場感100%情境對話 Track 103

A: 저기요. 물어보고 싶은데 여의도에서 벚꽃이 활짝 폈어요?

jeogiyo. mul-eobogosip-eunde yeouido-eseo beojkkoch-I hwaljjag pyeoss-eoyo?

B: 아직 한 반 정도 폈는데 올해 날씨가 늦게까지 추워서 꽃 피는 시기가 늦어졌습니다.

ajig han ban jeongdo pyeossneunde olhae nalssiga neujgekkaji chuwoseo kkoch pineun sigiga neuj-eojyeossseubnida.

A: 不好意思，我想請問一下，汝矣島的櫻花已經完全盛開了嗎？

B: 現在大概還只開了一半而已。今年冷得久，所以開花時期延後了。

A: 그래요? 그리고 경치를 다 보고 제가 다른 곳을 구경하고 싶은데 추천할만 한 관광지가 있어요?

geulaeyo? geuligo gyeongchileul da bogo jega daleun gos-eul gugyeonghago sip-eunde chucheonhalman han gwangwangjiga iss-eoyo?

B: 응…서울어린이대공원 갈만 해요.

eung…seoul-eolin-idaegong-won galman haeyo.

안에 동물원하고 식물원도 있고 오후 5시까지 문을 열어서 점심을 먹고 나서도 마음껏 즐길 수 있습니다.

an-e dongmul-wonhago sigmul-wondo issgo ohu daseos-sikkaji mun-eul yeol-eoseo jeomsim-eul meoggo naseodo ma-eumkkeos jeulgil su issseubnida.

A: 괜찮을 것 같아요.

gwaenchanh-eul geos gat-ayo.

A: 這樣啊。還有，如果早點賞完花，我還想看看別的地方，這附近有什麼推薦的景點嗎？

B: 嗯……首爾兒童大公園很值得一遊。

因為裡面有動物園、植物園，很寬敞。加上開到下午5點，所以即使是吃過午飯之後才去也能玩得盡興。

A: 感覺真不錯耶。

韓國我來了──觀光遊樂篇

Chapter
4

Part 1
Part 2
Part 3

▼
遊客中心

02
詢問景點　觀光地　問기

韓國我來了！實用延伸單句會話 🔘 Track 104

詢問適合觀賞的季節時用
단풍구경은 언제 하는게 제일 적당해요?
danpung-gugyeong-eun eonje haneunge jeil jeogdanghaeyo?
最適合賞楓的時期是什麼時候呢？

請求推薦景點的時候用
이 근처에서 추천할만 한 관광지가 있나요?
i geuncheoeseo chucheonhalman han gwangwangjiga issnayo?
這附近有什麼推薦的嗎？

여기서 볼만 한 걸 알려 주세요.
yeogiseo bolman han geol allyeo juseyo
請告訴我這裡值得觀賞之處。

꼭 구경해야 하는 관광지가 있어요?
kkog gugyeonghaeya haneun gwangwangjiga iss-eoyo?
有什麼地方是必看的嗎？

인기가 많은 관광지가 있어요?
ingiga manh-eun gwangwangjiga iss-eoyo?
有什麼很受歡迎的觀光景點嗎？

詢問觀光路線的時候用
어떤 관광 루트를 추천해요?
eotteon gwangwangluteu-leul chucheonhaeyo?
你推薦怎樣的觀光路線？

確認景點位置的時候用
동물원이 공원 근처에 있죠?
dongmul-won-i gong-won geuncheoe issjyo?
動物園是在公園的附近對吧？

▶ **꽃 구경** kkoch gugyeong 賞花

▶ **활짝 피다** hwaljjag pida 盛開

▶ **꽃이 피는 시기** kkoch-i pineun sigi 花期

▶ **볼만하다** bolmanhada 值得一看的

▶ **구경하다** gugyeonghada 參觀

▶ **노선** noseon 路線

▶ **분위기** bun-wigi 氣氛

▶ **즐기다** jeulgida 欣賞、享受

▶ **벚꽃** beojkkoch 櫻花

▶ **단풍** danpung 紅楓

▶ **공원** gong-won 公園

▶ **동물원** dongmul-won 動物園

▶ **아쿠아리움** akualium 水族館

▶ **미술관** misulgwan 美術館

▶ **박물관** bangmulgwan 博物館

▶ **기념관** ginyeomgwan 紀念館

▶ **궁** gung 宮

▶ **유적지** yujeogji 古蹟

▶ **기념비** ginyeombi 紀念碑

01 預約活動
활동 예약하기

韓國我來了！臨場感100%情境對話　　Track 106

A: 죄송한데 이 체험강좌에 참가하려고 하는데 예약을 해야 돼요?

joesonghande i cheheomgangjwae chamgahalyeogo haneunde yeyag-eul haeya dwaeyo?

B: 네, 참석하려면 예약을 미리 해야 합니다.

ne, chamseoghalyeomyeon yeyag-eul mili haeya habnida.

그리고 이강좌가 유료강좌여서 등록할 때 3500원을 내야 합니다.

geuligo igangjwaga yulyogangjwayeoseo deungloghal ttae samcheon-obaegwon-eul naeya habnida.

A: 여기서 예약하는 거예요?

yeogiseo yeyaghaneun geoyeyo?

B: 네. 여기서 하시면 돼요. 이 신청서에 기재하세요.

ne. yeogiseo hasimyeon dwaeyo. i sincheongseoe gijaehaseyo.

A: 不好意思，我想參加這場體驗講座，它需要先預約嗎？

B: 要，參加這場體驗講座必須事先預約。

然後，由於是收費講座，在登錄參加時須繳交3500元參加費。

A: 是在這裡預約嗎？

B: 對，是在這裡。請填寫這份申請表。

A: 네. 이 영화체험도 예약을 해야 돼요?

ne. i yeonghwacheheomdo yeyag-eul haeya dwaeyo?

B: 아닙니다. 상영시간에 영화관에 직접 가세요.

anibnida. sang-yeongsigan-e yeonghwagwan-e jigjeob gaseyo.

하지만 좌석수가 제 한이 있어서 먼저 도착하는 분이 먼저 입장할 수 있습니다.

hajiman jwaseogsuga jehan-i iss-eoseo meonjeo dochaghaneun bun-i meonjeo ibjanghal su issseubnida.

A: 알겠습니다.

algess-seubnida.

A: 好。這個電影體驗也要預約嗎？

B: 不用，請在開始放映的時間直接到戲院去。

不過，因為座位有限，入場是採先到先入場的方式。

A: 我知道了。

韓國我來了！實用延伸單句會話 — 🎵 *Track 107*

索取活動時間表的時候用

시간표를 줄 수 있으세요?

siganpyoleul jul su iss-euseyo?

能給我活動的時間表嗎？

詢問活動相關資訊的時候用

어떻게 이 활동에 참가할 수 있어요?

eotteohge i hwaldong-e chamgahal su iss-eoyo?

怎樣才能參加這場活動呢？

이 활동은 모든 사람이 참가할 수 있나요?

i hwaldong-eun modeun salami chamgahal su issnayo?

這場活動是任何人都能參加嗎？

이 활동에 참가하려면 예약 해야 돼요?

i hwaldong-e chamgahalyeomyeon yeyag haeya dwaeyo?

這場活動需要預約嗎？

그 활동에 참가하려면 번호표를 뽑아야 돼요.

geu hwaldong-e chamgahalyeomyeon beonhopyoleul bad-aya dwaeyo.

參加那個體驗講座需要領取號碼牌。

韓國我來了──觀光遊樂篇

Chapter
4

Part 1
Part 2
Part 3

▼
旅遊觀光

01
預約表演
活動
預約
活動 예약하기

韓國我來了！補充單字 🎵 Track 108

▶**활동** hwaldong 活動

▶**강좌** gangjwa 講座

▶**예약(하다)** yeyag(hada) 預約

▶**뽑다** ppobda 抽選

▶**선착** seonchag 先到

▶**번호표** beonhopyo 號碼牌

▶**참가(하다)** chamga(hada) 參加

▶**등록(하다)** deunglog(hada) 登錄

▶**유료** yulyo 收費

▶**무료** mulyo 免費

▶**미리** mili 事前、事先

▶**신청서** sincheongseo 申請書

▶**영화관** yeonghwagwan 戲院

▶**헌도** heondo 限制、限度

02 購買門票

표 사기

韓國我來了！臨場感100%情境對話 ● *Track 109*

A: 학생표 두장 주세요.
hagsaengpyo dujang juseyo.

A: 請給我2張學生票。

B: 학생증을 보여 주세요.
hagsaengjeung-eul boyeo juseyo.

B: 請出示學生證。

A: 여기예요.
yeogiyeyo.

A: 給你。

B: 학생증을 돌려 드릴게요. 학생표 2 장에 모두 15000원입니다.
hagsaengjeung-eul dollyeo deulilgeyo. hagsaengpyo du jange modu man-ocheon-won-ibnida.

B: 這個先還給您。2張學生票共計15000元。

20000원을 받았습니다.
iman-won-eul bad-assseubnida.

收您20000元。

A: 이 특별 전시회는 표를 따로 사야 돼요?
i teugbyeol jeonsihoeneun pyoleul ttalo saya dwaeyo?

A: 特展要另外買門票嗎？

B: 네. 특별 전시회표를 저기 창구에서 사세요.
ne. teugbyeol jeonsihoepyoleul jeogi chang-gueseo saseyo.

B: 對，特展的門票請至那邊的窗口購買。

A: 알겠어요.
algess-eoyo..

A: 我知道了。

B: 8000원을 드릴게요. 그리고 여기 학생표 2장입니다.
palcheon-won-eul deulilgeyo. geuligo yeogi hagsaengpyo dujang-ibnida

B: 找您8000元。然後這邊是2張學生的門票。

(＊註：賣票處找錯錢)

韓國我來了！實用延伸單句會話 *Track 110*

▼ 旅遊觀光

02 購買門票 표 사기

尋找售票處的時候用	**매표소가 어디에 있어요?** maepyosoga eodie iss-eoyo? 請問售票處在哪？
	어디에서 표를 살 수 있어요? eodieseo pyoleul sal su iss-eoyo? 請問哪裡可以買到票？
在售票處的時候用	**입장료가 얼마예요?** ibjanglyoga eolmayeyo? 入場費多少錢？
	일일권이 있어요? il-ilgwon-i iss-eoyo? 請問有當日票嗎？
	표가 아직 있어요? pyoga ajig iss-eoyo? 請問還有票嗎？
購買學生票的時候用	**학생표가 있어요?** hagsaengpyoga iss-eoyo? 請問有學生票嗎？
購買團體票的時候用	**단체 할인이 있어요?** danche hal-in-i iss-eoyo? 請問有團體優惠嗎？
	사람 몇 명이상 있어야 단체권을 살 수 있어요? salam-i myeoch myeong-isang iss-eoya danchegwon-eul sal su iss-eoyo? 要多少人才能買團體票？

韓國我來了！補充單字 🔘 *Track 111*

▶**표** pyo 票

▶**매표소** maepyoso 售票處

▶**창구** chang-gu 窗口

▶**입장** ibjanglyo 入場費

▶**입장권/표** ibjang-gwon/pyo 入場券、門票

▶**당일권** dang-ilgwon 當日票

▶**예매권** yemaegwon 預售票

▶**성인** seong-in 大人

▶**소인/어린이** soin/eolin-i 兒童

▶**노인** noin 老人

▶**일반** ilban 一般

▶**대학생** daehagsaeng 大學生

▶**청소년** cheongsonyeon 青少年

▶**초등학생** chodeunghagsaeng 小學生

▶**중학생** junghagsaeng 國中生

▶**고등학생** godeunghagsaeng 高中生

▶**유아** yua 幼兒

▶**개인** gaein 個人

▶**단체** danche 團體

03 觀看表演
공연 감상하기

A: 죄송한데 여기가 입장하는 줄이에요?
joesonghande yeogiga ibjanghaneun jul-ieyo?

A: 不好意思，請問這是排隊入場的隊伍嗎？

B: 아니에요. 여기는 주변상품을 사려고 서있는 줄이에요. 입장하는 줄은 저기에 있어요.
anieyo. yeogineun jubyeonsangpum-eul salyeogo seoissneun jul-ieyo. ibjanghaneun jul-eun jeogie iss-eoyo.

B: 不是，這邊是排買周邊商品的隊伍。入場隊伍是那邊。

A: 알겠습니다. 감사합니다.
algessseubnida. gamsahabnida.

A: 我知道了，謝謝。

（입장할 때）

（入場時）

C: 표 좀 보여 주세요.
pyo jom boyeo juseyo.

C: 請讓我看一下您的票。

A: 죄송한데 저 좀 좌석에 데리고 가 주실 수 있으세요?
joesonghande jeo jom jwaseog-e deligo ga jusil su iss-euseyo?

A: 能請你們帶我到座位上嗎？

C: 네. 고객님 모셔다 드릴게요.
ne. gogaegnim mosyeoda deulilgeyo.

C: 好的。幫客人帶位。

D: 네. 여기로 가세요. 안은 어두우니까 조심하세요.
ne. yeogilo gaseyo. an-eun eoduunikka josimhaseyo.

D: 好的。請往這邊走。裡頭很暗，請留意您的腳步。

韓國我來了！實用延伸單句會話 Track 113

排隊的時候用

여기가 이 줄 끝이에요?
yeogiga i jul kkeut-ieyo?
這邊是隊伍的尾端嗎？

詢問表演相關問題的時候用

몇 시에 입장 시작해요?
myeoch sie ibjang sijaghaeyo?
請問幾點開始入場？

공연시간이 얼마나 돼요?
gong-yeonsigan-i eolmana dwaeyo?
請問演出時間大約多長呢？

중간 쉬는 사간이 있어요?
jung-gan swineun sagan-i iss-eoyo?
請問會有中場休息嗎？

들어갈 수 있어요?
deul-eogal su iss-eoyo?
還能進去嗎？

尋找座位的時候用

누가 이 자리에 앉나요?
nuga i jalie anjnayo?
這個位子有人坐嗎？

2층 좌석은 어느 쪽으로 가야 돼요?
icheung jwaseog-eun eoneu jjog-eulo gaya dwaeyo?
二樓的席位要從哪邊進去呢？

會場內的廣播

공연을 시작하겠습니다.
gong-yeon-eul sijaghagessseubnida ida.
表演即將開始。

오늘 공연을 마쳤습니다.
oneul gong-yeon-eul machyeossseubnida.
本日的演出已經結束。

▼
旅遊觀光

03 觀看表演 공연 감상하기

韓國我來了！補充單字 🔴 *Track 114*

▶**감상(하다)** gamsang(hada) 觀賞

▶**공연** gong-yeon 公演

▶**회장** hoejang 會場

▶**상품을 판매하다** sangpum-eul panmaehada 販售商品

▶**입장(하다)** ibjang(hada) 入場

▶**연출** yeonchul 演出、出場

▶**입장을 시작하다** ibjangeul sijaghada 開放入場

▶**공연을 시작하다** gong-yeon-eul sijaghada 開始演出

▶**공연을 마치다** gong-yeon-eul machida 演出結束

▶**마치다** machida 結束

▶**쉬다** swida 休息

▶**틈** teum 空檔

▶**줄 끝** jul kkeut 隊伍的尾端

▶**보다** boda 看

▶**입장권 영수증** ibjang-gwon yeongsujeung 票根

▶**스탠딩** seutaending 搖滾區（設置在場地內平常是空地部分的席位）

▶**관람석** gwanlamseog 看台區（場地內原先就設有的席位）

04 拍照留念

기념사진 찍기

韓國我來了！臨場感100%情境對話 🎧 Track 115

A: 저기요. 여기서 사진을 찍을 수 있어요?
jeogiyo. yeogiseo sajin-eul jjig-eul su iss-eoyo?

B: 네. 제가 사진을 찍어 드릴까요?
ne. jega sajin-eul jjig-eo deulilkkayo?

A: 괜찮아요? 감사합니다. 그럼 부탁해요.
gwaenchanh-ayo? gamsahabnida. geuleom butaghaeyo..

B: 네! 가까이 붙으세요. 찍겠습지다.
ne! gakkai but-euseyo. jjiggessseumjida.

자, 미소를 지으세요! 찍었어요. 확인해
보세요.
ja, misoleul jieuseyo! jjig-eoss-eoyo. hwag-inhae boseyo.

A: 죄송한데 이렇게 사진 한 장만 더 찍어
주세요.
joesonghande ileohge sajin han jangman deo jjig-eo juseyo.

B: 네. 알겠습니다.
algessseubnida

A: 不好意思，請問能在這裡拍照嗎？

B: 可以喔。我幫你們拍，如何呢？

A: 可以嗎？謝謝你。那麼就麻煩你了。

B: 好！ 再靠近一點。要拍囉，來～笑一個！

拍好了喔，你確認一下。

A: 麻煩你這樣再拍一張。

B: 好。我知道了。

▼
旅遊觀光

❹ 拍照留念 기념사진 찍기

韓國我來了！實用延伸單句會話 ▶ 💿 *Track 116*

| 詢問能否錄影的時候用 | **여기서 촬영해도 돼요?**
yeogiseo chwal-yeonghaedo dwaeyo?
請問能在這裡錄影嗎？ |

| 詢問能否使用閃光燈的時候用 | **플래시 터뜨려도 돼요?**
peullaesi teotteulyeodo dwaeyo?
請問能開閃光燈嗎？ |

| 提出拍照細節要求的時候用 | **이 사진 좀 찍어도 돼요?**
i sajin jom jjig-eodo dwaeyo?
請問能拍攝這張照片嗎？ |

경복궁 배경으로 사진을 찍어 주세요.
gyeongboggung baegyeong-eulo sajin-eul jjig-eo juseyo.
請幫我用景福宮當背景拍照。

저랑 같이 사진을 찍어 주실 수 있으세요.
jeolang gat-i sajin-eul jjig-eo jusil su iss-euseyo.
能請你和我一起拍張照嗎？

| 洗照片的時候用 | **사진을 인화하겠습니다.**
sajin-eul inhwahagessseubnida.
我想沖洗相片。 |

| 關於拍照的禁止事項 | **촬영금지입니다**
chwal-yeong-geumjiibnida.
這裡禁止攝影。 |

삼각대 사용하지 마세요
samgagdae sayonghaji maseyo
請勿使用三腳架。

▶**사진** sajin 照片

▶**함께/같이 사진을 찍다** hamkke/gat-i sajin-eul jjigda 合照

▶**포즈** pojeu 姿勢

▶**찍다** jjigda 拍（照）

▶**촬영하다** chwal-yeonghada 攝影

▶**녹화하다** noghwahada 錄影

▶**셀프 카메라(셀카)** selpeu kamela(selka) 自拍

▶**카메라** kamela 照相機、攝影機

▶**디지털 카메라(디카)** dijiteol kamela(dika) 數位相機

▶**DSLR 카메라** DSLR kamela 單眼相機

▶**비디오카메라** bidiokamela 攝影機

▶**줌 렌즈** jum lenjeu 鏡頭

▶**셔터** syeoteo 快門

▶**플래시** peullaesi 閃光燈

▶**필름** pilleum 底片

▶**초점길이** chojeomgil-i 焦距

▶**화소** hwaso 像素

▶**셀카봉** selkabong 自拍棒

▶**삼각대** samgagdae 三腳架

▶**배경** baegyeong 背景

▶**앨범** aelbeom 相簿

01 自然景觀
자연경치

韓國我來了！臨場感100%情境對話 *Track 118*

A: 와~정말 아름답네요! 감동적이에요.
wa~jeongmal aleumdabneyo! gamdongjeog-ieyo.

A: 哇～好美！有種令人感動的感覺！

B: 처음으로 설악산에 왔어요?
cheoeum-eulo seol-agsan-e wass-eoyo?

B: 你是第一次看到雪嶽山嗎？

A: 아니요. 근데 처음으로 가을에 왔어요. 비가 오지 않았으면 더 아름다웠을 거예요.
aniyo. geunde cheoeum-eulo ga-eul-e wass-eoyo. biga oji anh-ass-eumyeon deo aleumdawoss-eul geoyeyo.

A: 不是，但是第一次秋天來。如果沒有下雨的話，一定會更美吧。

B: 맞아요. 비오는 날도 경치가 나쁘지 않은데.
maj-ayo. bioneun naldo gyeongchiga nappeuji anh-eunde

B: 對呀。雨天的景色也不錯。

맑은 날에는 맑은 가을 경치가 더 아름답겠네요. 근데 케이블 카를 타본 적인 있어요?
malg-eun nal-eneun malg-eun ga-eul gyeongchiga deo aleumdabgessneyo. geunde keibeul kaleul tabon jeog-in iss-eoyo?

但果然還是晴天那種爽朗秋景的感覺比較美吧。順便問問，你搭過纜車了嗎？

A: 이따가 탈거예요.
ittaga talgeoyeyo.

A: 待會要搭。

B: 그래요? 케이블 카에서 보는 경치는 또 다른 느낌이 나요.
geulaeyo? keibeul ka-eseo boneun gyeongchineun tto daleun neukkim-i nayo.

B: 這樣啊？從車廂看出來又是不同的感覺喔。

韓國我來了！實用延伸單句會話 **Track 119**

讚嘆景色的時候用	**(경치가) 아름답네요!** (gyeongchiga) aleumdabneyo! （景色）好美的喔！
詢問景觀是否可見的時候用	**여기서 설악산이 보여요?** yeogiseo seol-agsan-i boyeoyo? 從這裡看得見雪嶽山嗎？ **날씨가 좋으면 보여요.** nalssiga joh-eumyeon boyeoyo. 天氣好的時候就看得到。
詢問季節景觀變化的時候用	**겨울에 눈이 와요?** gyeoul-e nun-i wayo? 冬天時會下雪嗎？ **가을에 단풍이 들어요?** ga-eul-e danpung-i deuleoyo? 秋天時楓葉會變嗎？
詢問取景地點的時候用	**사진이 잘 나오는 곳이 있어요?** sajin-i jal naoneun gos-i iss-eoyo? 有沒有什麼拍照絕佳的地點？

遊覽場所

01
自然景觀 자연경치

韓國我來了！補充單字　🎧 *Track 120*

▶**경치** gyeongchi 風景、景色

▶**경관** gyeong-gwan 景觀

▶**야경** yagyeong 夜景

▶**자연** jayeon 大自然

▶**산** san 山

▶**산곡** sangog 山谷

▶**고원** gowon 高原

▶**강** gang 江

▶**하천/하류** hacheon/halyu 河流

▶**호수** hosu 湖

▶**폭포** pogpo 瀑布

▶**바다** bada 海

▶**숲** sup 森林

▶**초원** chowon 草原

▶**설** seol 雪

▶**단풍** danpung 楓葉

▶**벚꽃** beojkkoch 櫻花

▶**케이블 카** keibeul ka 纜車

▶**예쁘다** yeppeuda 漂亮

▶**아름답다** aleumdabda 美麗

▶**신비감** sinbigam 神祕感

▶**감동적이다** gamdongjeog-ida 令人感動的

韓國的四季美景

韓國是個四季分明的國家，春天櫻花盛開，大約4月中開始就可以前往首爾的汝矣島公園觀賞絢爛盛開的粉紅色櫻花開滿整個街道；夏天時淺山間蓊鬱的綠色林木，枝葉豐茂遮蔭涼爽，山間一遊令人在盛暑時消暑忘俗；秋天大約11月時，雪嶽山林間盎然的綠意化身為翩翩丹楓紅葉與枝葉金黃繽紛的銀杏相映成輝，在涼爽秋意下斑斕繽紛，宛如童話世界；冬天時，鵝毛般地雪花紛紛，一片銀白彷彿置身仙境。

02 歷史古蹟

역사적인 유적지

韓國我來了！臨場感100%情境對話 🎵 *Track 121*

A: 제가 한국 궁에 관련된 이야기를 더 알고 싶어요. 소개해 주실 수 있으세요?

jega hangug-ui gung-e gwanlyeondoen iyagileul deo algo sip-eoyo. sogaehae jusil su iss-euseyo?

A: 我想多了解一些韓國的宮的事，可以請你幫我介紹嗎？

B: 음…먼저 경북궁 이야기를 해 드릴게요. 조선의 창시자 태조 이성계를 아세요?

eunm...meonjeo gyeongbuggung iyagileul haedeulilgeyo. joseon-ui changsija taejo iseong-gyeleul aseyo?

B: 嗯……那首先就從景福宮講起吧，您知道朝鮮的創設者太祖李成桂這個人嗎？

A: 네. 들어 본적인 있어요.

ne. deudbeonjeog-in iss-eoyo.

A: 知道，我有聽説過他。

B: 바로 조선 태조 이성계께서 경보궁을 세우셨습니다. 사적 117호입니다.

balo joseon taejo iseong-gyekkeseo gyeongbogung-eul se-u syeossseubnida.sajeog baegsibchilhoibnida.

B: 就是他下令建造了景福宮。這座宮殿是史蹟第117號。

A: 그럼 경부궁 이외에 다른 궁이 있어요?

geuleom gyeongbugung ioee daleun gung-i iss-eoyo?

A: 那除了這座宮殿以外還有很其他宮殿嗎？

B: 있습니다. 경복궁 근처에 창덕궁, 창경궁과 경희궁이 있습니다.

issseubnida. Gyeongboggung geuncheoe changdeoggung, chang-gyeong-gung-gwa gyeonghuigung-i issseubnida.

B: 有的。景福宮附近還有昌德宮、昌慶宮和慶熙宮等宮殿。

각자 특징이 있어서 볼만 합니다.

gagja teugjing-i iss-eoseo bolman habnida.

都各有特色，值得一遊！

A: 그렇군요.

geuleohgun-yo.

A: 原來如此。

詢問古蹟背景的時候用

이 곳의 역사 좀 알려 주실 수 있으세요?
i gos-ui yeogsa jom allyeo jusil su iss-euseyo?
能請你告訴我這裡的歷史嗎？

여기는 언제 세워졌어요?
yeogineun eonje sewojyeoss-eoyo?
這裡是何時建造的呢？

여기는 누가 세웠어요?
yeogineun nuga saewoss-eoyo?
這裡是由誰建造的呢？

이 건물을 세운 이유가 뭐예요?
i geonmul-eul se-un iyuga mwoyeyo?
這裡是為何而建造的呢？

여기 정식적인 명칭이 뭐예요?
yeogi jeongsigjeog-in myeongching-i mwoyeyo?
這裡的正式名稱是什麼呢？

현재의 경희궁은 재건한 거예요?
hyeonjaeui gyeonghuigung-eun jaegeonhan geoyeyo?
現今的慶熙宮是重建過的嗎？

詢問歷史人物背景的時候用

이 사람은 어떤 사람이에요?
i salam-eun eotteon salam-ieyo?
這個人是個怎樣的人物呢？

詢問箇中涵義的時候用

광화문은 무슨 의미가 짓들여져 있어요?
gwanghwamun-eun museun uimiga jisdeul-yeojyeo iss-eoyo?
光化門有什麼樣的意義嗎？

韓國我來了！補充單字 *Track 123*

▶ **역사** yeogsa 歷史

▶ **역사 인물** yeogsa inmul 歷史人物

▶ **의미** uimi 意義

▶ **이유** iyu 理由

▶ **창설(하다)** changseol(hada) 創設、創建

▶ **유적지** yujeogji 古蹟

▶ **건물** geonmul 建築物

▶ **세우다** se-uda 建設

▶ **재건하다** jaegeonhada 重建

▶ **문화재** munhwajae 文化財產

▶ **문화 유산** munhwa yusan 文化遺產

▶ **세계 유산** segye yusan 世界遺產

▶ **국보** gugbo 國寶

▶ **대문** daemun 大門

▶ **지붕** jibung 屋頂

▶ **기둥** gidung 柱子

▶ **불국사** bulgugsa 佛國寺

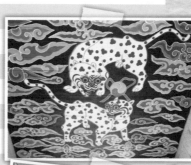

遊覽場所 ❷ 歷史古蹟 역사적인 유적지

韓國我來了！韓國的古蹟

북촌　北村

불체　佛像

사찰　寺刹

韓國我來了──觀光遊樂篇

Chapter
4

Part 1

Part 2

Part 3

▼
遊覽場所

02 歷史古蹟 역사적인 유적지

광화문　光化門

경복궁　景福宮

문손잡이 門把

궁전 宮殿

대문 正門

불상　佛像

도금한 불상　鎏金佛像

탑　塔

參觀博物館
박물관 관람하기

韓國我來了！臨場感100%情境對話 ──── ⊙ *Track 124*

A: 죄송한데 중국어 소개 책자와 음성 가이드 있어요?

joesonghande jung-gug-eo sogae chaegjawa eumseong gaideu iss-eoyo?

A: 不好意思，請問有中文的簡介冊和語音導覽嗎？

B: 중국어 소개 책자는 여기 있습니다. 음성 가이드는 한국어와 영어만 지원하는데 괜찮으세요?

jung-gug-eo sogae chaegjaneun yeogi issseubnida. eumseong gaideuneun hangug-eowa yeong-eoman jiwonhaneunde gwaenchanh-euseyo??

B: 這是您要的簡介。語音導覽的部分，語言只有韓文和英文，您可以接受嗎？

A: 네. 한 개 주세요.

ne. han gae juseyo.

A: 可以，請給我1台。

B: 네. 요금은 6000원입니다. 사용한후에 여기에 돌려 주세요.

ne. yogeum-eun yugcheon won-ibnida. sayonghanhue yeogie dollyeo juseyo.

B: 好的。和您收取6000元的使用費。使用完畢之後，請您歸還於此。

A: 네. 그리고 가이드 투어 참가하려고 하는데 예약해야 돼요?

ne. geuligo gaideu tueo chamgahalyeogo haneunde yeyaghaeya dwaeyo?

A: 好。還有，我想參加館內巡迴導覽，那需要預約嗎？

B: 아닙니다. 제시간에 바로 집합장소에 가시면 됩니다.

anibnida. jesigan-e balo jibhabjangso-e gasimyeon doebnida.

B: 不需要預約，請您在舉辦時間直接到集合地點。

A: 알겠습니다. 감사합니다.

algessseubnida. gamsahabnida.

A: 我知道了，謝謝。

韓國我來了！實用延伸單句會話 *Track 125*

詢問休館日的時候用

휴관일은 언제예요?
hyugwan-il-eun eonjeyeyo?
請問休館日是哪天？

詢問特展的時候用

지금 무슨 특별 전시회가 있어요?
jigeum museun teugbyeol jeonsihoega iss-eoyo?
現在有什麼特展嗎？

특별 전시회는 표를 따로 사야 돼요?
teugbyeol jeonsihoeneun pyoleul ttalo saya dwaeyo?
特展要另外收費嗎？

詢問作品資訊的時候用

누구의 작품이에요?
nuguui jagpum-ieyo?
這是誰的作品？

무슨 시대 작품이에요?
museun sidae jagpum-ieyo?
這是什麼時期的作品？

어떤 작품이에요?
eotteon jagpum-ieyo?
這是怎樣的作品？

警告標語

관계자 외 출입 금지.
gwangyeja oe chul-ib geumji.
非工作人員禁止進入。

플래시 금지.
peullaesi geumji.
請勿使用閃光燈。

손을 대지 마십시오.
son-eul daeji masibsio.
請勿觸摸。

▶개관(하다) gaegwan(hada) 開館

▶폐관(하다) pyegwan(hada) 閉館

▶입장 ibjang 入館

▶관람(하다) gwanlam(hada) 參觀

▶전시(하다) jeonsi(hada) 展示

▶돌려두다/반납하다 dollyeoduda/bannabhada 歸還

▶음성 가이드 eumseong gaideu 語音導覽

▶언어 eon-eo 語言

▶가이드 투어 gaideu tuoe 巡迴導覽

▶휴관일 hyugwan-il 休館日

▶상설전시(장) sangseoljeonsi(jang) 常設展

▶특별 전시회 teugbyeol jeonsihoe 特展

▶관내 안내 gwannae annae 館內簡介

▶기념품 숍/가게 ginyeompum syob/gage 禮品店

▶작품 jagpum 作品

▶작자 jagja 作者

▶복제품 bogjepum 複製品

▶진품 jinpum 真品

04 遊樂園玩樂

놀이공원에서 놀기

A: 죄송한데 "Lost Valley"를 타고 싶으면 오래 기다려야 돼요?

joesonghande "Lost Valley"leul tago sip-eumyeon olae gidalyeoya dwaeyo?

A: 不好意思，請問要搭「遺失的山谷」的話，要排很久嗎？

B: 보통 1시간 30분쯤 기다려야 합니다.

botong han sigan samsib bunjjeum gidalyeoya habnida.

B: 一般大約需要排1個小時30分鐘。

A: 정말 오래걸리네요! 쾌속통행권이란 표가 있어요?.

jeongmal olaegeollineyo! kwaesogtonghaeng-gwon-ilan pyoga iss-eoyo?

A: 好久！有快速通行券之類的嗎？

B: 네. Q pass라고 합니다. 여기서 살 수 있습니다.

ne. Q passlago habnida. yeogiseo sal su issseubnida

B: 有，叫Q pass，可以在這裡購買。

A: 알겠습니다. 감사합니다.

algaess-eoyo. gamsahabnida.

A: 我知道了，謝謝。

（탈 때）

B: 여기가 Q pass 입구예요?

yeogiga Q pass ibguyeyo?

（搭乘時）

A: 這邊是快速通行的入口嗎？

A: 네. Q pass를 가지고 계신 분들은 여기로 가세요.

ne. Q passleul gajigo gyesin bundeul-eun yeogilo gaseyo.

B: 對，持有快速通行券的遊客請往這邊走。

詢問如何取得快速通行券的時候用	**쾌속통행권을 어떻게 사야 돼요?** kwaesogtonghaeng-gwon-eul eoddeohge saya dwaeyo? 快速通行券要如何購買？
詢問遊樂設施相關問題的時候用	**이 놀이 기구를 타면 옷이 젖어요?** i nol-i giguleul tamyeon os-i jeoj-eoyo? 搭這項遊樂設施會弄濕衣服嗎？
	이 놀이 기구를 한 번 타면 얼마나 걸려요? i nol-i giguleul han beon tamyeon eolmana geollyeoyo? 這項遊樂設施搭一次大概需要多久？
	키 제한이 있어요? ki jehan-i iss-eoyo? 有身高限制嗎？
指定座位的時候用	**제일 앞자리에 앉고 싶어요.** jeil apjalie anjgo sip-eoyo. 我想坐在最前面的位子。
遊樂設施搭乘指示	**여기에 혼자인 고객님 계세요?** yeogie honjain gogaegnim gyeseyo? 現場有一位的客人嗎？
	3번 탑승구로 가세요. sambeon tabseung-gulo gaseyo. 請往3號搭乘口前進。
	직원이 앞에 오기전까지 자리에 앉아 기다려 주세요. jig-won-i ap-e ogijeonkkaji jalie anj-a gidalyeo juseyo. 在工作人員上前之前，請坐在座位上等候。
	안전벨트를 단단히 매 주세요. anjeonbelteuleul dandanhi mae juseyo. 請繫好安全帶。

韓國我來了——觀光遊樂篇

Chapter
4

Part 1
Part 2
Part 3

遊覽場所

04 遊樂園玩樂 놀이공원에서 놀기

韓國我來了！補充單字 🎙 *Track 129*

▶**놀이공원** nol-igong-won 遊樂園

▶**테마 파크** tema pakeu 主題樂園

▶**Q Pass** 快速通行券（愛寶樂園）

▶**Magic Pass** 快速通行券（樂天樂園）

▶**놀이 시설** nol-i siseol 遊樂設施

▶**정문** jeongmun 入口、大門

▶**입구** ibgu 入口

▶**출구** chulgu 出口

▶**안전 막대** anjeon magdae 安全桿

▶**벨트** belteu 安全帶

▶**직원** jigwon 工作人員

▶**마스코트** maseukoteu 吉祥物

▶**역할/인물** yeoghal/inmul 角色人物

▶**주변상품** jubyeonsangpum 周邊商品

▶**퍼레이드** peoleideu 遊行

▶**불꽃** bulkkoch 煙火

▶**쇼/공연** syo/gong-yeon 秀、表演

▶**롤러 코스** lolleo koseuteo 雲霄飛車

▶**자유 낙하** jayu nagha 自由落體

▶**해적선** haejeogseon 海盜船

▶**커피잔** keopijan 咖啡杯

▶**회전 목마** hoejeon mogma 旋轉木馬

▶**흉가** hyung-ga 鬼屋

▶**페리스휠** peliseuhwil 摩天輪

溫馨小提示

韓國最大的遊樂園──愛寶樂園

位於首爾近郊（京畿道龍仁市）韓國最大的遊樂園──愛寶樂園（에버랜드）佔地面積達450萬餘坪。愛寶樂園主要由環球市集、美洲探險、魔術天地、歐洲探險及野生動物園共5種主題園區所組成，每個園區都會隨著不同季節展開各式各樣歡樂慶典活動。在歐洲探險區內，有韓國首創的木製雲霄飛車「T EXPRESS」，是目前全球最高坡度的雲霄飛車，許多喜好刺激的年輕人爭相前往搭乘，在77度陡坡上滑下的刺激體驗，以及過程長達3分鐘的快速感更是其最大特色。排隊時間經常要長達1個多小時，因此建議入園遊客在購票時順便購買此項遊樂設施的快速通行券──Q Pass。另外佔地1萬5千平方公尺，約210餘種共2,500多隻動物所居住的野生動物園，也是到愛寶樂園遊玩時絕對不能錯過的。

韓國我來了──觀光遊樂篇

Chapter
4

Part 1

Part 2

Part 3

▼
遊覽場所

❹ 遊樂園玩樂 놀이공원에서 놀기

Chapter 5

韓國我來了！

暢享美食篇

01 預訂座位

예약하기

韓國我來了！臨場感100%情境對話　🎵 *Track 130*

A: 안녕하십니까? 체트 커피숍입니다.
annyeonghasibnigga? cheteu keopisyob-ibnid

B: 예약 하고싶은데요.
yeyag hagosip-eundeyo.

A: 예약할 날짜와 시간을 정하셨어요?
yeyaghal naljjawa sigan-eul jeonghasyeoss-eoyo?

B: 22일 저녁 7시예요.
isib-iil jeonyeog ilgobsiyeyo.

A: 22일 저녁 7시 맞으세요? 몇 분이세요?
isib-iil jeonyeog ilgobsi maj-euseyo? myeoch bun-iseyo?

A: 您好，這裡是Chat咖啡廳。

B: 我想訂位。

A: 請問您訂位的日期時間已經確定了嗎？

B: 22號晚上7點。

A: 22號晚上7點嗎？請問是幾位用餐呢？

B: 4명이에요.
netmyeong-ieyo.

A: 4분이세요? 확인해 드릴게요. 잠시만 기다려 주세요.
netbun-iseyo? hwag-inhae deulilgeyo. jamsiman gidalyeo juseyo.

그 시간에 자리가 있습니다. 예약해드 릴게요.
geusigan-e jaliga issseubnida. Yeyaghae deulilgeyo.

B: 네. 감사합니다.
ne. gamsahabnida.

B: 4位。

A: 4位嗎?為您確認,請 稍候。

您要的時間有位子, 我直接幫您預約。

B: 好,謝謝你了。

▼
餐廳用餐

01
預訂座位 예약하기

韓國我來了!實用延伸單句會話 — *Track 131*

詢問訂位者 資訊的時候用
성함과 연락처 좀 알려 주세요.
seonghamgwa yeonlagcheo jom allyeo juseyo.
請給我您的姓名和電話。

- -

沒有位子的 時候用
죄송한데 그 시간은 만원입니다.
joesonghande geu sigan-eun man-won-ibnida.
很抱歉,那個時間已經客滿了。

죄송한데 오늘은 자리가 없습니다.
joesonghande oneul-eun imi jeonse naessseubnida.
很抱歉,今天已經沒位子了。

그럼 몇 시부터 자리가 있어요?
geuleom myeoch sibuteo jaliga iss-eoyo?
那幾點會有位子?

8시 후에 자리를 준비해 둘 수 있습니다. 어떻게 하시겠어요?
Yeodeolbsi hue jalileul junbihae dul su issseubnida. eoddeohge hasigess-eoyo?
8點以後的話就能為您準備位子,您意 下如何?

對座位安排提出要求的時候用	**저희 모두 한 테블에 앉을 수 있게 해 주세요.** jeohui modu han tebeul-e anj-eul su issge hae juseyo 請把我們全部安排在同一桌。 **자리를 준비해 주실 수 있으세요?** jalileul junbihae jusil su iss-euseyo? 能請你安排座位給我們嗎？
取消訂位的時候用	**예약을 취소하겠습니다.** yeyag-eul chwisohagessseubnida 我想取消訂位。

韓國我來了！補充單字 🎧 *Track 132*

▶**예약(하다)** yeyag(hada) 預約

▶**취소(하다)** chwiso(hada) 取消

▶**준비(하다)** junbi(hada) 準備

▶**성함** seongham 姓名（敬語）

▶**연락처** yeonlagcheo 聯絡方式

▶**전세 내다** jeonse naeda 包場

▶**자리** jali 座位

▶**날짜** naljja 日期

▶**시간** sigan 時間

▶**만원이 되다** man-won-i doeda 客滿

▶**~후에** ~hue ～之後、以後

▶**식탁** sigtag 餐桌的位子

▶**바 쪽 자리** ba jjog jali 吧台的位子

▶**금연** geum-yeon 禁菸

▶**예약석** yeyagseog 預約席

02 / 排隊待位

줄 서기

韓國我來了！臨場感100%情境對話 💿 *Track 133*

A: 어서오세요. 예약하셨어요?
eoseooseyo. yeyaghasyeoss-eoyo?

A: 歡迎光臨，請問有預約嗎？

B: 아니요. 지금 자리가 있어요?
aniyo. jigeum jaliga iss-eoyo?

B: 沒有，現在有位子嗎？

A: 죄송한데 지금 자리가 없습니다. 잠시만 기다려 주세요.
joesonghande jigeum jaliga eobs-seubnida. jamsiman gidalyeo juseyo.

A: 很抱歉，現在現在沒有位子了，要請您稍候。

B: 그래요? 얼마나 기다려야 돼요?
geulaeyo? eolmana gidalyeoya dwaeyo?

B: 這樣啊？大概要等多久？

A: 한 30분정도요.
han samsibbunjeongdoyo.

A: 大概30分鐘左右。

B: 그럼 기다릴게요.
geuleom gidalilgeyo.

B: 那我就等等。

A: 감사합니다. 여기 성함과 사람 수를 기재하고 좀 기다려 주세요.
gamsahabnida. yeogi seonghamgwa salam suleul gijaehago jom gidalyeo juseyo.

A: 謝謝您。請在這裡填寫您的大名和人數之後稍候。

B: 네. 알겠습니다.
ne. algess--seubnida.

B: 好的，我知道了。

韓國我來了！實用延伸單句會話 🔘 *Track 134*

▼ 餐廳用餐

02 排隊待位 줄 서기

候位的時候用

다른 분과 같이 앉아도 괜찮은 분은 바로 앉을 수 있으세요.
daleun bungwa gat-i anj-ado gwaenchanh-eun bun-eun balo anj-eul su iss-euseyo.
如果可以接受併桌的話就能立即入座。

55번 손님이 여기 계세요?
osibnobeon sonnim-i yeogi gyeseyo?
55號的客人在現場嗎？

줄을 서 주세요.
jul-eul seo juseyo.
請排隊稍候。

可自由入座的時候用

마음대로 앉으세요.
ma-eumdaelo anj-euseyo.
請隨意入座。

이제 자리를 준비 하고 있는데 잠시만 기다려 주실 수 있으세요?
ije jalileul junbi hago issneunde jamsiman gidalyeo jusil su iss-euseyo?
現在正在為您準備座位，能請您稍候嗎？

지금 손님을 데리고 자리에 갑니다.
jigeum sonnim-eul deligo jalie gabnida.
現在為您帶位。

詢問是否吸菸的時候用

룸이 필요하세요?
lum-i pil-yohaseyo?
請問需要包廂嗎？

不候位的時候用

그럼 다음에 올게요.
geuleom da-eum-e olgeyo.
那就下次好了。

▶ **기다리다** gidalida 候位

▶ **준비해 두다** junbihae duda 準備

▶ **데리고 가다** deligo gada 帶領去

▶ **데리고 오다** deligo oda 帶領來

▶ **기재하다** gijaehada 填寫

▶ **비우다** biuda 空下

▶ **룸** lum 包廂

▶ **앉다** anjda 坐

▶ **기다리는 시간** gidalineun sigan
等候時間

▶ **사람수/인원수** salamsu/inwonsu 人數

▶ **빈 자리** bin jali 空位

▶ **줄** jul 隊伍

▶ **줄을 서다** jul-eul seoda 排（隊）

03 / 點餐
주문하기

韓國我來了！臨場感100%情境對話

Track 136

A: 물 티슈를 드리겠습니다.주문하시겠어요?
mul tisyuleul deuligessseubnida.jumunhasigess-eoyo?

A: 為您送上濕紙巾。請問可以點餐了嗎？

B: 잠시만요.
jamsiman-yo.

B: 再一下。

A: 네. 이따가 주문하실 때 불러 주세요.
ne. ittaga jumunhasil ttae bulleo juseyo.

A: 好的，要點餐的時候請喊我過來。

（잠시후）

（過了一會）

B: 저기요. 주문할게요.
jeogiyo. jumunhalgeyo.

B: 不好意思，我要點餐。

A: 뭘 드시겠어요?
mwol deusilgesseoyo?

A: 請問要點什麼呢？

B: 김치찌개 하나와 삼계탕 하나 주세요.
그리고 사이다 한 병 주세요.
gimchijjigae hanawa samgyetang hana juseyo.
geuligo saida han byeong juseyo.

A: 네. 주문하신 거 다시 한 번 확인해
드릴게요.
ne. jumunhasin geo dasi han beon hwag-inhae
deulilgeyo.

김치찌개 하나와 삼계탕 하나 그리고
사이다 한병, 맞으세요?
gimchijjigae hanawa samgyetang hana geuligo
saida hanbyeong, maj-euseyo?

B: 네.
ne.

A: 감사합니다. 조금만 기다려 주세요.
gamsahabnida. jogeumman gidalyeo juseyo.

B: 請給我們1碗泡菜鍋和
1碗人參雞。再來一瓶
汽水。

A: 好的。為您確認一下
點餐的內容。

1碗泡菜鍋和1碗人
參雞和一瓶汽水。您
的餐點就是以上這些
嗎?

B: 對。

A: 謝謝您,請您稍候片
刻。

韓國我來了！實用延伸單句會話 ▶ 🎧 *Track 137*

詢問是否可以點餐的時候用

주문하시겠어요?
jumunhasigess-eoyo?
可以為您點餐了嗎？

請店員推薦餐點的時候用

추천 좀 해 주실 수 있으세요?
chucheon jom hae jusil su iss-euseyo?
有什麼推薦的嗎？

인기 메뉴가 뭐예요?
ingi menyuga mwoyeyo?
人氣料理是什麼？

詢問料理相關問題的時候用

이게 어떤 요리예요?
ige eotteon yoliyeyo?
這是怎樣的料理？

어떤 요리에 소고기가 들어 있어요?
eoddeon yolie sogogiga deul-eo iss-eoyo?
請告訴我哪些料理有加牛肉。

詢問是否加點配料的時候用

더 주문하시겠어요?
deo jumunhasigess-eoyo?
請問要另外加點什麼？

想要的餐點售完的時候用

죄송한데 비빔밥이 매진됐습니다.
joesonghande bibimbab-i maejindwaessseubnida.
很抱歉，蔬菜拌飯今天已經賣完了。

點和他人相同的料理時用

제가 똑같은 걸 주문하고 싶어요.
jega ttoggat-eun geol jumunhago sip-eoyo.
我要一樣的。

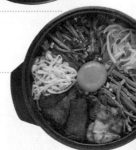

變更點餐內容的時候用

주문한 식사 좀 바꿀 수 있어요?
jumunhan sigsa jom bakkul su iss-eoyo?
可以更改點餐內容嗎？

韓國我來了！補充單字 🔘 *Track 138*

▶ **주문(하다)** jumun(hada) 點餐、訂購

▶ **드시다** deusida 吃（敬語）

▶ **확인(하다)** hwag-in(hada) 確認

▶ **부르다** buleuda 叫、喚

▶ **물티슈** multisyu 濕紙巾

▶ **찬물** chanmul 冷水

▶ **메뉴** menyu 菜單

▶ **세트** seteu 套餐

▶ **반찬** banchan 小菜

▶ **음료수** eumlyosu 飲料

▶ **인기 있다** ingi issda 受歡迎、有人氣

▶ **똑같은** ttoggat-eun 同樣的、一樣的

▶ **매진(되다)** maejin(doeda) 售完

▶ **바꾸다** bakkuda 更換

▶ **많다** manhda 多

▶ **적다** jeogda 少

▶ **양이 보통이다** yang-i botongida 一般分量

▶ **양이 많다** yang-i manhda 大份量

04 用餐服務
식사하기

韓國我來了！臨場感100%情境對話　💿 *Track 139*

A: 죄송한데 이 삼계탕은 어느 분 주문하신 거예요?

joesonghande i samgyetang-eun eoneu bun jumunhasin geoyeyo?

B: 저요.

Jeoyo.

C: 근데…제가 주문한 게 김밥이 아니라 김치찌개예요.

geunde...jega jumunhan ge gimbab-i anila gimchijjigaeyeyo.

A: 죄송합니다, 손님. 바로 바꿔 드릴겠습니다.

joesonghabnida, sonnim. balo bakkwo deulilgessseubnida.

A: 不好意思，這個人蔘雞是哪一位點的？

B: 是我(點)的。

C: 但是……我點的不是紫菜包飯，而是泡菜鍋。

A: 客人，很抱歉。馬上幫您換。

（한참후） ⋯⋯⋯⋯⋯⋯⋯⋯⋯⋯⋯⋯⋯⋯ （過了一會） ⋯⋯⋯⋯⋯⋯⋯⋯⋯⋯⋯⋯

A: A: 저희 실수로 불편을 끼쳐서 정말 죄송합니다.
jeohui silsulo bulpyeon-eul kkichyeoseo jeongmal joesonghabnida.

이게 손님 김치찌개입니다.
ige sonnim gimchijjigaeibnida.

주문한 게 다 나왔습니까?
jumunhan ge da nawassseubnikka?

C: 네. 감사합니다.
ne. gamsahabnida.

B: 숟가락 하나하고 접시 하나 주시겠어요?
sudgalag hanahago jeobsi hana jusigess-eoyo?

A: 네, 금방 드릴게요.
ne, geumbang deulilgeyo.

A: 因為我們的疏失造成您的不便很抱歉。

這是您的泡菜鍋。

請問點的餐點都到齊了嗎？

C: 是的，謝謝。

B: 可以給我一支湯匙和一個小碟子嗎？

A: 好的，馬上送來。

194

▼
餐廳用餐

❹
用餐服務 식사하기

韓國我來了！實用延伸單句會話 ▶ 💿 *Track 140*

點餐的時候用	뭘 드실/주문하시겠어요? mwol deusil/jumunhasigess-eoyo? 請問吃想/點什麼呢？
詢問人氣餐點 的時候用	이 집에서 추천하는 인기 메뉴가 뭐예요? i jib-eseo chucheonhaneun ingi menyuga mwoyeyo? 推薦的人氣料理是什麼呢？
上錯菜的 時候用	저희 이거 주문하지 않았어요. jeoui igeo jumunhaji anh-ass-eoyo. 我們沒有點這個。
詢問吃法的 時候用	이 반찬은 어떻게 먹어야 돼요? i banchan-eun eotteohge meog-eoya dwaeyo? 這道菜怎麼吃呢？
想再來一份的 時候用	(이걸) 하나 더 주세요. (igeot) hana deo juseyo （這個）請再來一份。

收盤子的 時候用	다 드셨어요? da deusyeoss-eoyo? （您們）用餐完畢了了嗎？
	이거 좀 치워 주시겠어요? Igeo jom chiwo jusigess-eoyo? 可以幫我們收掉這個嗎？

詢問是否滿意 料理的時候用	입에 맞으세요? ib-e maj-euseyo? 味道還滿意嗎？
店家招待的 時候用	이건 저희 (사장님께서) 서비스 하시는 거예요. igeon jeohui (sajangnimkkeseo) seobiseu hasineun geoyeyo. 這是本店（老闆）招待的。

한식　韓食

김치찌개　泡菜鍋

반찬　小菜

된장찌개　大醬鍋

삼계탕　人參雞

삼겹살　韓式燒烤五花肉

떡볶이　辣炒年糕

김치　泡菜

야채　（包肉或飯的）蔬菜

해물전　海鮮煎餅

부대찌개　部隊鍋

韓國我來了──暢享美食篇

Chapter
5

Part 1

Part 2

▼
餐廳用餐

❹ 用餐服務 식사하기

소주　燒酒

(춘천) 닭갈비　（春川）辣炒雞

맥주　啤酒

비빔밥　石鍋拌飯

▶메뉴 menyu 菜單

▶물 mul 水

▶반찬 banchan 菜餚/小菜

▶주문 jumun 點餐

▶그릇 geuleut 碗

▶접시 jeobsi 碟子

▶은행 eunhaeng 銀行

▶숟가락 sudgalag 湯匙

▶나이프 hangug-won 餐刀

▶포크 pokeu 叉子

▶컵 keob 杯子

▶ 티슈 tisyu 衛生紙

▶~주세요 ~juseyo 請給我~

溫馨小提示

韓食餐廳用餐提醒
▼

無論普通還是高檔的韓食餐廳，一般任何餐點都會附上幾盤韓國小菜，例如：泡菜、醃黃豆芽、醃海帶等等韓國人飯桌上常見的菜色。通常這種小菜（**반찬**）都可以無限的續盤（**무한리피트**），而且十分下飯喔！另外，韓國餐廳內一定會供應客人水，或者有飲水機可以自己取水。

05 / 結帳
계산하기

韓國我來了！臨場感100%情境對話　🔊 *Track 142*

A: 계산할게요.
gyesanhalgeyo.

A: 請幫我結帳。

B: 네. 다 해서 40000원입니다. 함께 계산해도 됩니까?
ne.da haeseo saman-won-ibnida. hamkke gyesanhaedo doebnikka?

B: 好的，您的金額一共是40000元。一起結可以嗎？

A: 네. 카드로 계산해도 돼요?
ne. kadeulo gyesanhaedo dwaeyo?

A: 可以。能刷卡嗎？

B: 네. 카드 받았습니다. 일시불로 하시겠어요? 할부로 하시겠어요?
ne. kadeu bad-assseubnida. ilsibullo hasigess-eoyo? halbulo hasigess-eoyo?

B: 可以。收您卡片。請問是要一次付清還是要分期呢？

A: 일시불이요.
ilsibul-iyo.

A: 一次付清。

B: 네.
ne.

B: 好的。

索取帳單的 時候用	**계산서 좀 주세요.** gyesanseol jom juseyo. 請給我帳單。

詢問在哪結帳 的時候用	**계산은 여기서 해야 돼요? 아니면 카운터에서 해야 돼요?** gyesan-eun yeogiseo haeya dwaeyo? animyeon kaunteoeseo haeya dwaeyo? 結帳是在這邊還是要到櫃台？

要分開結帳的 時候用	**따로 계산할게요.** ddalo gyesanhalgeyo. 我們分開結帳。

이 할인쿠폰을 사용할 수 있어요?
i hal-ingkupon-eul sayonghal su iss-eoyo?
這張折價券可以用嗎？

현금지불만 가능합니다.
hyeongeumjibulman ganeunghabnida.
我們只接受付現。

계산서가 틀렸어요.
gyesanseoga teullyesseoyo.
帳單有誤喔。

送客的時候用	**와 주셔서 감사합니다.** wa jusyeoseo gamsahabnida. 感謝您的來店。

안녕히 가세요.
annyeonghi gaseyo.
期待您再度光臨。

韓國我來了！補充單字　🎵 *Track 144*

- ▶**계산(하다)** gyesan(hada) 結帳
- ▶**일시불** ilsibul 一次付清
- ▶**지불하다** jibulhada 付清
- ▶**할부** halbu 分期付款
- ▶**계산서** gyesanseo 帳單
- ▶**함께** hamkke 一起
- ▶**따로** ttalo 分開
- ▶**할인권** hal-ingwon 折價券
- ▶**현금** hyeongeum 現金
- ▶**신용카드** sin-yongkadeu 信用卡
- ▶**계산대** gyesandae 結帳櫃台

01 外帶餐點
포장하기

韓國我來了！臨場感100%情境對話　◉ Track 145

A: 어서오세요. 드시고 가세요?
포장이세요?
eoseooseyo. deusigo gaseyo? pojang-iseyo?

B: 포장이요.
pojang-iyo.

A: 네. 주문하시겠어요?
ne. jumunhasigess-eoyo?

B: 치즈버거 세트 하나 주세요.
chijeubeogeo seteu hana juseyo.

A: 사이드 메뉴하고 음료 뭘로 하시겠어요?
saideu menyuhago eumlyo mwollo hasigess-eoyo

B: 감자튀김하고 콜라 주세요.
gamjatwigimhago kolla juseyo.

A: 歡迎光臨。請問是內用還是外帶？

B: 我要外帶。

A: 好的。您要點什麼呢？

B: 請給我1個起司漢堡套餐。

A: 副餐和飲料要什麼呢？

B: 薯條跟可樂。

A: 더 필요한 거 있으세요?
deo pil-yohan geo iss-euseyo?

B: 아니요.
aniyo.

A: 還要什麼嗎？

B: 不用。

韓國我來了！實用延伸單句會話 ▶ Track 146

詢問能否外帶的時候用	**포장 가능해요?** pojang ganeunghaeyo? 可以外帶嗎？
詢問餐具數量的時候用	**젓가락이 몇 개 필요하세요?** jeosgalag-i myeoch gae pil-yohaseyo? 請問您筷子要幾雙呢？
詢問包裝方式的時候用	**따로 포장해 드릴까요? 같이 포장해 드릴까요?** ddalo pojanghae deulilkkayo? gat-i pojanghae deulilkkayo? 請問您要分開裝嗎？還是可以裝一起呢？
需要加熱的時候用	**데워 주세요.** dewo juseyo. 請幫我加熱。
	데워 드릴까요? dewo deulilkkayo? 需要加熱嗎？
詢問要不要保冷劑的時候用	**드라이 아이스 필요하세요?** deulai aiseu pil-yohaseyo? 需要幫您放保冷劑嗎？
	집까지 얼마나 걸리세요? jibkkaji eolmana geolliseyo? 您回到家需要多久時間呢？

▶~을/을 가지고 가다 ~eul/eul gajigo gada 帶～回去

▶테이크아웃 teikeuaus 外帶

▶사이드 메뉴 saideumenyu 副餐

▶데우다 de-uda 加熱

▶드라이 아이스 deulai aiseu 保冷劑

▶젓가락 jeosgalag 免洗筷

▶식당 sigdang 餐廳

▶패스트푸드 paeseuteupudeu 速食

▶행버거 haengbeogeo 漢堡

▶감자튀김 gamjatwigim 薯條

▶샐러드 saelleodeu 沙拉

▶케첩 kecheob 番茄醬

▶치킨 chikin 炸雞

▶치킨 너겟 chikin neoget 雞塊

▶후식 husig 餐後甜點

▶디저트 dijeoteu 甜點

▶케이크 keikeu 蛋糕

▶와플 wapeul 鬆餅

▶빵 ppang 麵包

▶도시락 dosilag 便當

▶**주먹밥** jumeogbab 飯糰

▶**콜라** kolla 可樂

▶**샌드위치** saendeuwichi 三明治

▶**아이스크림** aiseukeulim 冰淇淋

▶**피자** pija 披薩

▼ 外帶服務

04 外帶餐點 포장하기

Chapter
6

韓國我來了！
逛街購物篇

01 尋找商品

상품 찾기

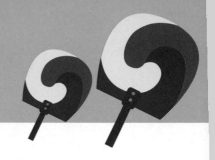

韓國我來了！臨場感100%情境對話 🔊 *Track 148*

A: 뭘 찾으세요?
mwol chaj-euseyo?

A: 請問想找些什麼？

B: 이 밥솥 찾려고 하는데 혹시 여기에 있어요?
i babsot chajlyeogo haneunde hogsi yeogie iss-eoyo?

B: 正在找這個電子鍋。這裡有(賣)嗎？

A: 네, 있습니다. 조금만 기다려 주세요. 제가 보여 드릴게요.
ne, issseubnida. jogeumman gidalyeo juseyo. jega boyeo deulilgeyo.

A: 有的，請稍等一下，我拿給您看。

B: 제가 따라 가도 돼요?
jega ddala gado dwaeyo?

B: 我可以跟你一起去看嗎？

A: 네, 이 쪽으로 오세요.이 밥솥이 이 쪽에 있습니다.
ne, i jjog-eulo oseyo. i babsoti i jjog-e issseubnida

A: 可以的，請往這邊。這個電子鍋在這一區。

B: 사진과 달라 보이는데⋯확실히 이 밥솥이 맞아요?
sajingwa dalla boineunde…hwagsilhi i babsoti majayo?

B: 和照片看起來不一樣⋯⋯確定是這個電子鍋嗎？

A: 확실합니다. 한 달전에 박스 디자인 바꾸고 성능도 좋아졌습니다.
hwagsilhabnida. han daljeon-e bagseu dijain bakkugo seongneungdo joh-ajyeossseubnida.

A: 確定是的。一個月前包裝改過，性能也升級了。

B: 그렇군요. 이 밥솥 하나 주세요.
geuleohgun-yo. i babsot hana juseyo.

B: 原來如此，請給我一個電子鍋。

Chapter
6

Part 1

Part 2

Part 3

商品購買

01 尋找商品 상품 찾기

韓國我來了！實用延伸單句會話 ◉ *Track 149*

只是想逛逛的時候用	**일단 혼자 볼게요.** ildan honja bolgeyo. 我想先逛逛。
詢問店員的時候用	**여기에서 이거 팔아요?** yeogieseo igeo pal-ayo? 請問你們有賣這個嗎？
	이게 다 예요? ige da yeyo? 這些就是所有（商品）了嗎？
	이게 다 매진됐어요? ige da maejindwaess-eoyo? 這個全部都完售了嗎？
詢問是否還要尋找其他商品的時候用	**뭐 더 찾으시는 거 있으세요?** mwo deo chaj-eusineun geo iss-euseyo? 還想找些什麼嗎？
	똑같은 종류의 상품이 있어요? ttoggat-eun jonglyuui sangpum-i iss-eoyo? 還有其他同類商品嗎？
	다른 브랜드에선 같은 상품이 얼마예요? daleun beulaendeueseon gat-eun sangpum-i eolmayeyo? 其他廠牌的同類商品多少錢呢？
表示目前已經沒有想購買的商品時候用	**없어요.** eobs-eoyo. 沒有了。
	이거만 사면 돼요. igeoman samyeon dwaeyo. 買這些就可以了。

▶**찾다** chajda 尋找

▶**있다** issda 有

▶**같다** gatda 相似

▶**팔다** palda 販賣

▶**사다** sada 購買

▶**모두** modu 所有

▶**매진** maejin 完售

▶**브랜드** beulaendeu 廠牌

▶**구간** gugann 區間

▶**계산대** gyesandae 收銀檯

溫馨小提示

韓國商店詢問店員小提醒

▼

通常進到韓國商店時，見到的男/女店員或老闆即使是個中年大叔或大嬸，請千萬不要稱呼對方：「아저씨 ajeossi」（大叔）、「아줌마 ajumma」（阿珠媽），可以和本地韓國客一樣喊他們/她們：「오빠」（哥）、「언니」（姐），這樣接下來結帳時，才有可能得到一些殺必死（折扣）喔！

02/ 付帳
계산하기

A: 다음 분 오세요. 회원 카드가 있으세요?
da-eum bun oseyo. hoewon kadeuga iss-euseyo?

A: 下一位客人，這邊請。請問有會員卡嗎？

B: 없어요.
eobs-eoyo.

B: 沒有。

A: 무료로 신청할수 있는데 신청하시겠어요?
mulyolo sincheonghalsu issneunde sincheonghasigess-eoyo?

A: 可以免費申辦，您要辦一張嗎？

B: 괜찮아요.
gwaenchanh-ayo.

B: 沒關係不用。

A: 여기 상품 3개에 15540원입니다. 16000원받았습니다.
yeogi sangpum setgae man-ocheon-obaegsasib-won-ibnida. man-yugcheon-won bad-assseubnida.

A: 好的。這邊的商品3樣共15540元。收您16000元。

거스름 돈460원입니다. 영수증이 필요하세요?
geoseuleum don sabaeg-yugsib-won-eul deulibnida. yeongsujeung-i pil-yohaseyo?

找您460元。需要收據嗎？

B: 네.
ne.

A: 영수증입니다. 감사합니다.
yeongsujeung-ibnida. gamsahabnida.

B: 要。

A: 這是您的收據。謝謝。

刷卡付帳的時候用

일시불로 하시겠어요?
ilsibullo hasigess-eoyo?
費用一次付清可以嗎？

사인해 주세요.
sainhae juseyo.
請簽名。

找錢的時候用

지금 만원짜리가 없으니까 천원짜리 드려도 돼요?
jigeum man-wonjjaliga eobs-eunikka cheon-wonjjali deulyeodo dwaeyo?
現在沒有萬元鈔票了，所以找您千元鈔可以嗎？

索取收據的時候用

영수증 좀 주세요.
Yeongsujeung jom juseyo.
請給我收據。

詢問是否需要袋子的時候用

비닐봉지에 넣으시겠어요?
binilbongjie neoh-eusigaess-eoyo?
您要裝塑膠袋嗎？

이렇게 가져 가셔도 괜찮으세요?
ileohge gajyeo gasyeodo gwaenchanh-euseyo?
就這樣拿可以嗎？

▼
商
品
購
買

02 付
帳
計
산
하
기

禮品包裝的
時候用

고객님이 쓰시는 거세요? 선물하실 거세요?
gogaegnim-i sseusineun geoseyo? seonmulhasil geoseyo?
您是要自己用的，還是要送人的呢？

포장 좀 해 주시겠어요?
pojang jom hae jusigess-eoyo?
可以幫我包裝嗎？

가격표 좀 떼 주세요.
gagyeogpyo jom dde juseyo.
請幫我拿掉價格標籤。

▶**계산** gyesan 結帳

▶**회원 카드** hoewon kadeu 會員卡

▶**포인트 카드** pointeu kadeu 集點卡

▶**무료** mulyo 免費

▶**유료** yulyo 需付費

▶**입회비** ibhoebi 入會費

▶**비닐 봉지** binil bongji 塑膠袋

▶**종이 봉투** jong-i bontu 紙袋

▶**영수증** yeongsujeung 收據

▶**명세서** myeongseseo 收據（明細）

▶**개인** gaein 個人

▶**자기** jagi 自己

▶**선물** seonmul 禮物

▶**리본** libon 緞帶

▶**포장지** pojangji 包裝紙

▶**가격표** gagyeogpyo 價格標籤

▶**떼다** ddeda 撕

03 免税退税
면세와 환급

韓國我來了！臨場感100%情境對話 🎧 *Track 154*

A: 세금 환급 좀 해 주세요.
segeum hwangeub jom hae juseyo.

A: 請幫我辦理免稅手續。

B: 네. 여권 좀 보여 주시겠어요?
ne. yeogwon jom boyeo jusigess-eoyo?

B: 好的。能讓我看看您的護照嗎？

A: 여기요.
yeogiyo.

A: 拿去。

B: 수속은 위층 서비스 센터에서 하니까 이따가 계산 후에 저랑 같이 가시면 됩니다.
susog-eun wicheung seobiseu senteoeseo hanikka ittaga gyesan hue jeolang gat-i gasimyeon doebnida.

B: 由於手續是在樓上的服務中心進行，請先結完帳後，再和我一起上樓。

B: 여기 상품 6개에 86000원입니다.
yeogi sangpum yeoseosgaee palman-yugcheon-won-ibnida.

B: 這邊是6樣商品，總共 86000元。

A: 세금포함이에요?
segeumpoham-ieyo?

A: 這個金額是含稅的嗎？

B: 아닙니다. 세금을 뺐습니다. 이 금액은 세금불포함입니다.
anibnida. segeum-eul ppaessseubnida. i geum-aeg-eun segeumbulpoham-ibnida.

B: 不是的，稅金已經扣除了。這個金額不含稅。

韓國我來了！實用延伸單句會話 Track 155

詢問是否能夠免稅的時候用

여기가 면세점이에요?
yeogiga myeonsejeomieyo?
這裡購物是免稅商店嗎？

저희 가게는 면세점이 아닙니다.
jeohui gageneun myeonsejeomi anibnida
本店不是免稅商店。

이게 면세품이에요?
ige myeonsepum-ieyo?
這個是免稅品嗎？

詢問免稅門檻的時候用

얼마이상 사면 세금 환급 가능해요?
eolmaisang samyeon segeum hwangeub ganeunghaeyo?
要買多少錢以上才能免稅呢？

詢問在哪辦理免稅的時候用

세금 환급은 어디에서 해야 돼요?
segeum hwangeub-eun eodieseo haeya dwaeyo?
免稅手續要在哪裡辦理？

提醒相關規定的時候用

한국에서 사용할 수 없는데 괜찮으세요?
hangug-eseo sayonghal su eobsneunde gwaenchanh-euseyo?
在韓國內無法使用，您可以接受嗎？

한국을 떠나가기전까지 포장을 풀지 마세요.
hangug-eul ddeonagagijeon-ggaji pojang-eul pulji maseyo.
在離開韓國之前請不要打開包裝。

▼
商品購買

03
免稅退稅
면세와 환급

韓國我來了！補充單字 *Track 156*

▶**면세** myeonse 免稅

▶**면세품** myeonsepum 免稅品

▶**면세점** myeonsejeom 免稅店

▶**세금** segeum 稅金

▶**세금포함** segeumpoham 含稅

▶**세금불포함** segeumbulpoham 不含稅

▶**환급** hwangeub 退費

▶**수속** susog 手續

▶**서비스 센터** seobiseu senteo 服務中心

▶**포장** pojang 包裝

▶**포장을 풀다** pojang-eul pulda 開封

▶**풀다** pulda 打開

01 衣服鞋襪
옷,구두와 양말

韓國我來了！臨場感100%情境對話　🎧 *Track 157*

A: 저기요. 이 옷을 입어봐도 돼요?
jeogiyo. i os-eul ib-eobwado dwaeyo?

B: 네. 탈의실 여기 있어요. 옷은 제가 들어 드릴게요.
ne. tal-uisil yeogi iss-eoyo. os-eun jega deul-eo deulilgeyo.

（입어보는 중）

B: 사이즈가 맞으세요?
saijeuga maj-euseyo?

A: 응…허리 부분이 조금 작아요.
eung…heoli bubun jogeum jag-ayo.

B: 그럼 더 큰 사이즈 가져와 드릴게요.
geuleom deo keun saijeu gajyeowa deulilgeyo.

A: 네. 감사합니다.
ne. gamsahabnida.

B: 여기요. 이 옷 입어 보세요.
yeogiyo. i os ib-eo boseyo.

A: 不好意思，請問這件可以試穿嗎？

B: 可以，試衣間在這邊。這個我幫你拿。

（試穿中）

B: 大小還可以嗎？

A: 嗯……腰有點緊。

B: 那我幫您拿大一號的過來。

A: 好的。謝謝。

B: 在這裡。請試試看這件。

韓國我來了！實用延伸單句會話 ► 🎧 *Track 158*

各類商品

01 衣服鞋襪 옷, 구두와 양말

詢問試衣間 位置的時候用	**탈의실 어디에 있어요?** tal-uisil eodie iss-eoyo? 請問試衣間在哪？

回答試穿狀況 的時候用	**사이즈 딱 맞아요.** saijeu ddag maj-ayo 剛剛好。

사이즈가 너무 작아요.
saijeu neomu jagayo.
太小了。

사이즈 더 작아요.
saijeu deo jag-ayo.
再小一點。

想要別的顏色 的時候用	**다른 색깔 있어요?** daleun saeggal iss-eoyo? 有別的顏色的嗎？

詢問是否能 修改的時候用	**사이즈 좀 수선해 주실 수 있으세요?** saijeu jom suseonhae jusil su iss-euseyo? 能請你們幫忙修改尺寸嗎？

詢問店員意見 的時候用	**저랑 어울려요?** jeolang eoullyeoyo? 適合我嗎？

어느 게 더 좋으세요?
eoneu ge deo joh-euseyo?
你覺得哪個比較好？

韓國我來了！補充單字　🅭 *Track 159*

▶**사이즈** saijeu 尺寸

▶**입어보다** ib-eoboda 試穿

▶**탈의실** tal-uisil 試衣間

▶**새깔** saekkal 顏色

▶**크다** keuda 大的

▶**작다** jagda 小的

▶**어울리다** eoullida 適合

▶**옷** ot 衣服

▶**모자** moja 帽子

▶**셔츠** syeocheu 襯衫

▶**티셔츠** tisyeocheu T恤

▶**블라우스** beullauseu 女用襯衫

▶**후드** hudeu 連帽上衣

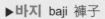

▶**바지** baji 褲子

▶**팬티/언더웨어** paenti/eondeoweeo 內衣褲

▶**여성 속옷** yeoseong sog-ot 女性內衣

▶**속옷** sog-ot 內衣

▶**치마** chima 裙子

▶**미니스커트** miniseukeoteu 迷你裙

▶**청바지** cheongbaji 牛仔褲

韓國我來了！逛街購物篇

Chapter
6

Part 1

Part 2

Part 3

各類商品

01 衣服鞋襪 옷·구두와 양말

▶**반 바지** ban baji 短褲

▶**원피스** wonpiseu 連身洋裝

▶**스웨터** seuweteo 毛衣

▶**재킷** jaekit 夾克

▶**코트** koteu 大衣

▶**넥타이** negtai 領帶

▶**벨트** belteu 皮帶

▶**양말** yangmal 襪子

▶**스타킹** seutaking 絲襪

▶**신발** sinbal 鞋子

▶**구두** gudu 皮鞋

▶**부츠** bucheu 靴子

▶**하이힐** haihil 高跟鞋

▶**운동화** undonghwa 運動鞋

▶**샌들** saendeul 涼鞋

▶**실내화** silnaehwa 室內拖鞋

韓國我來了！韓國常見的衣著

한복　韓服

한복속　韓服襯裙

한복 액세서리　韓服飾品　　한복 치　韓服裙子

한복 신발　韓服鞋子

양복　西裝

02 買包包
가방 사기

韓國我來了！臨場感100%情境對話　　📀 *Track 160*

A: 저기요. 제일 오른쪽에 있는 가방 좀 보여 주시겠어요?
jeogiyo. jeil oleunjjog-e issneun gabang jom boyeo jusigess-eoyo?

A: 不好意思，能給我看看最右邊的那個包包嗎？

B: 네. 보여 드릴게요.
ne. boyeo deulilgeyo.

B: 好的。給您看。

A: 이 건 진짜 가죽으로 만든 거예요?
i geon jinjja gajug-eulo mandeun geoyeyo?

A: 這是真皮的嗎？

B: 아니요. 합성 가죽으로 만든 거예요.
aniyo. habseong gajug-eulo mandeun geoyeyo.

B: 不是，是合成皮的。

A: 그래요? 진짜 가죽으로 만든 거인 줄 알았어요.
geulaeyo? jinjja gajug-eulo mandeun geoin jul alass-eoyo.

A: 是喔？我還以為是真皮呢。

이 안 부분 좀 보여 주시겠어요?
i an bubun jom boyeo jusigess-eoyo?

可以看看裡面嗎？

B: 네. 보세요.
ne. boseyo.

B: 好的。請看。

A: 음…주머니가 하나만 있네요. 혹시 주머니 더 많은 거 있어요?
eunm…jumeoniga hanaman issneyo. hogsi jumeoni deo manh-eun geo iss-eoyo?

A: 嗯……只有一個口袋啊。有沒有口袋比較多的？

B: 그럼 이 건 어떠세요?
geuleom i geon eotteoseyo?.

B: 那樣的話，這個您覺得如何呢？

A: 괜찮은데요.
gwaenchanh-eundeyo.

A: 不錯耶。

▼ 各類商品

02 買包包　가방 사기

韓國我來了！實用延伸單句會話 ── *Track 161*

| 詢問材質的時候用 | 재질이 뭐예요?
jaejil-i mwoyeyo?
材質是什麼？ |

| 想照鏡子的時候用 | 거울에 비춰 보고 싶은데요.
geoul-e bichwo bogo sip-eundeyo.
我想照照鏡子。 |

| 討論款式的時候用 | 다른 디자인 비슷한 거 있어요?
daleun dijain biseushan geo iss-eoyo?
還有其他類似款式的嗎？ |

어떤 디자인이 올해 유행이에요?
museun dijaini olhae yuhaeng-ieyo?
怎樣的款式是今年的流行？

저랑 어울리지 않을 것 같아요.
jeolang eoulliji anh-eul geos gat-ayo.
對我來說不大適合。

더 단정한 느낌 나는 게 좋을 것 같아요.
deo danjeonghan neukkim naneun ge joh-eul geos gat-ayo.
我認為感覺再更正式一點的比較好。

| 詢問保養方式的時候用 | 어떻게 보관해야 돼요?
eotteohge bogwanhaeya dwaeyo?
要怎麼樣保養好呢？ |

디자인도 예쁘고 인기도 많아요.
dijaindo yeppeugo ingido manh-ayo.
設計也很漂亮，很受客人歡迎。

▶**가방** gabang 包包

▶**숄더백** syoldeobaeg 肩背包

▶**핸드백** haendeubaeg 手提包

▶**토트백** toteubaeg 托特包

▶**백 팩** baeg paeg 後背包

▶**비즈니스 백** bijeuniseu baeg 公事包

▶**지갑** jigab 錢包

▶**가죽 지갑** gajug jigab 皮夾

▶**동전 지갑** dongjeon jigab 零錢包

▶**케이스** keiseu 票夾

▶**그림** geulim 圖案

▶**모양** moyang 形狀

▶**디자인** dijain 設計

▶**주머니** jumeoni 口袋

▶**(가방) 스트랩** (gabang) seuteulaeb 肩帶

▶**재질** jaejil 材質

▶**가죽** gajug 皮革

▶**진짜 가죽** jinjja gajug 真皮

▶**합성 가죽** habseong gajug 合成皮

▶**천** cheon 布

▶**천 가방** cheon gabang 布包

▶**캔버스가방** kaenbeoseugabang 帆布包

▶**비닐** binil 塑膠

03 首飾配飾
액세서리

韓國我來了！臨場感100%情境對話　🔊 *Track 163*

A: 이 원피스랑 어울리는 목걸이 좀 찾고 싶은데 추천 좀 해 주시겠어요?

i wonpiseulang eoullineun moggeol-i jom chajgo sip-eunde chucheon jom hae jusigess-eoyo?

A: 我想找適合這件洋裝的項鍊，可以幫我推薦一下嗎？

B: 네. 얼마정도 생각하세요?

ne. eolmajeongdo saenggaghaseyo?

B: 好的。請問您有預算嗎？

A: 40000원 정도요.

saman-won jeongdoyo.

A: 最多大概40000元左右。

B: 그럼 이 진주목걸이 어떠세요?

geuleom i jinjumoggeol-i eotteoseyo?

B: 那麼，這條珍珠項鍊您覺得如何呢？

디자인은 단순하고 자연스럽고 귀여운데 다른 거하고 매칭하기 좋아요.

dijain-eun dansunhago jayeonseuleobgo gwiyeounde daleun geohago maechinghagi joh-ayo.

它的設計簡單大方又可愛，很好搭配。

A: 아주 귀엽네요.

aju gwiyeobneyo.

B: 좀 해 보시겠어요?

jom hae bosigess-eoyo?

A: 괜찮아요? 그럼 해 볼게요. 아, 이 U자형 고리가 무슨 재질인가요?

gwaenchanh-ayo? geuleom hae bolgeyo. a, i Ujahyeong goliga museun jaejil-ingayo?

알레르기가 있어서 재질이 은이 아니면 안 돼요.

alleleugiga iss-eoseo jaejil-i eun-i animyeon an dwaeyo.

B: 금속 부분 재질은 다 은이니까 걱정하지 마세요.

geumsog bubun jaejileun da eun-inigga geogjeonghaji maseyo.

A: 很可愛呢。

B: 要不要試戴看看呢？

A: 可以嗎？ 那就試試看吧。啊，這個鉤環的地方是什麼材質啊？

因為怕過敏，所以如果不是銀的話就不能戴。

B: 金屬部分都是銀的，請您放心。

韓國我來了！實用延伸單句會話 *Track 164*

▼ 各類商品 **03** 首飾配飾 액세서리

詢問是否可以試戴的時候用	**해 봐도 돼요?** hae bwado dwaeyo? 可以試戴看看嗎？
指定材質的時候用	**금으로 만든 거 있어요?** geum-eulo mandeun geo iss-eoyo? 有金的嗎？
談論喜好的時候用	**어떤 반지가 좋으세요?** eotteon banjiga joh-euseyo? 您喜歡哪樣的戒指呢？ **보석 박혀 있는 게 좋아요.** boseog baghyeo issneun ge joh-ayo. 我想要有鑲寶石的。 **이 디자인 제 스타일이 아니에요.** i dijain je seutail-i anieyo. 這個設計不合我喜好。
談論預算的時候用	**제 예산보다 초과됐어요.** je yesanboda chogwadaess-eoyo. 超出我的預算了。
詢問是否附鑑定書的時候用	**감정서도 포함돼 있어요?** gamjeongseodo pohamdwae isseoyo? 會附鑑定書嗎？

231

▶**매칭(하다)** maeching(hada) 搭配（服裝、首飾）

▶**액세서리** aegseseoli 飾品

▶**보석/쥬얼리** boseog/jyueolli 珠寶

▶**목걸이** moggeol-i 項鍊

▶**펜던트** pendeonteu 垂墜項鍊

▶**귀걸이** gwigeol-i 垂墜耳環

▶**귀고리** gwigoli 耳環

▶**반지** banji 戒指

▶**팔찌** paljji 手鐲、手環

▶**헤어 액세서리** heeo aegseseoli 髮飾

▶**헤어핀** heeopin 髮夾

▶**바나나 클립** banana keullib 香蕉夾

▶**머리띠** meolitti 髮箍

▶**헤어 밴드** heeo baendeu 髮圈

▶**머리핀** meolipin 細髮夾

▶**머리빗** meolibis 髮梳

▶**비녀** binyeo 髮簪

▶**다이아몬드** daiamondeu 鑽石

▶**루비** lubig 紅寶石

▶**사파이어** sapaieo 藍寶石

▶**에메랄드** emelaldeu 綠寶石

▶**석류석** seoglyuseog 石榴石

▶**묘안석** myoanseog 貓眼石

▶**크리스털/수정** keuliseuteol/sujeong 水晶

▶**마노** mano 瑪瑙

▶**옥** og 玉石

▶**비취** bichwi 翡翠

▶**진주** jinju 珍珠

▶**호박** hobag 琥珀

▶**산호** sanho 珊瑚

▶**금** geum 金

▶**은** eun 銀

▶**백금** baeggeum 白金

▶**스테인리스강** seuteinliseugang 不鏽鋼

▶**도금(하다)** dogeum(hada) 鍍

04 電子產品
전자상품

韓國我來了！臨場感100%情境對話 — 🎵 Track 166

A: 헤어드라이기 사려고 하는데 추천해
주실 수 있으세요?
heeodeulaigi salyeogo haneunde chucheonhae jusil
su iss-euseyo?

B: 네. 마음에 드는 브랜드가 있으세요?
ne. ma-eum-e deuneun beulaendeuga iss-euseyo?

A: 없는데요. 제일 잘 팔리는 게 뭐예요?
eobsneundeyo. jeil jal pallineun ge mwoyeyo?

B: 이 게 저희 가게에서 제일 잘 팔리는
거예요.
i ge jeohui gage-eseo jeil jal pallineun geoyeyo.

A: 이거 음이온 헤어드라이기예요?
igeo eum-ion heeodeulaigiyeyo?

A: 我想買吹風機，可以
請你幫我介紹一下
嗎？

B: 好的。您有沒有喜歡
的廠牌之類的呢？

A: 沒有特別喜歡的。賣
最好的是哪個呢？

B: 我們店裡賣很好的是
這個。

A: 這是負離子吹風機
嗎？

韓國我來了！逛街購物篇

Chapter
6

Part 1
Part 2
Part 3

▼ 各類商品

04 電子產品 전자 상품

B: 네, 여기부터 저기까지 다 음이온 헤어드라이기예요.

ne, yeogibuteo jeogikkaji da eum-ion heeodeulaigiyeyo.

A: 음…더 작은 게 좋은데요.

eunm…deo jag-eun ge joh-eundeyo.

B: 그럼 이 게 어떠세요?

geuleom i ge eotteoseyo?

작고 접이식인데 휴대하기 편해요.

jaggo jeob-isig-inde hyudaehagi pyeonhaeyo.

그리고 어떤 전압에도 사용 가능해서 여행하실 때 편하실 거예요.

geuligo eoddeon jeon-ab-edo sayong ganeunghaeseo yeohaenghasil ttae pyeonhasil geoyeyo.

B: 對，從這邊到這邊全都是負離子吹風機。

A: 嗯……但我想要更輕更小一點的。

B: 這樣的話，這支您覺得如何呢？

它本體的體積較小，又是折疊式的，很便於攜帶。

而且它可對應所有電壓，很適合帶去旅遊。

235

詢問機型的時候用

제일 새로운 모델이에요?
jeil saeloun model-ieyo?
這是最新的型號嗎？

다른 모델 있나요?
daleun model issnayo?
還有其他型號的嗎？

詢問用途、用法的時候用

어떻게 사용해야 돼요?
eotteohge sayonghaeya dwaeyo?
這要怎麼使用？

어디에서 사용하는 건가요?
eodieseo sayonghaneun geongayo?
這要用在什麼地方？

해외에서도 사용 할 수 있나요?
haeoeeseodo sayong hal su issnayo?
在國外也能使用嗎？

詢問廠牌的時候用

무슨 브랜드예요?
museun beulaendeuyeyo?
這是哪個牌子的產品。

詢問保固的時候用

보증서가 있어요?
bojeungseoga iss-eoyo?
有保固卡嗎？

보증서는 해외에서도 유효해요?
bojeungseoneun haeoeeseodo yuhyohaeyo?
保固卡在國外也有效嗎？

韓國我來了！逛街購物篇

Chapter
6

Part 1
Part 2
Part 3

▼
各類商品

04 電子產品 전자상품

韓國我來了！補充單字 💿 *Track 168*

▶전자제품 jeonjajepum 電器產品

▶가전 gajeon 家電

▶모델 model 型號

▶브랜드 beulaendeu 廠牌

▶보증(하다) bojeung(hada)
保證、保固

▶청소기 cheongsogi 吸塵器

▶로봇청소기 loboscheongsogi
掃地機器人

▶세탁기 setaggi 洗衣機

▶의류 건조기 uilyu geonjogi 烘被機

▶선풍기 seonpung-gi 電風扇

▶전자 밥솥 jeonja babsot 電鍋

▶제빵기 jebbang-gi 麵包機

▶아이스 머신 aiseu meosin 製冰機

▶보온병 boonbyeong 熱水壺

▶커피 포트 keope poteu 快煮壺

▶커피 머신 keopi meosin 咖啡機

▶전자레인지 jeonjaleinji 微波爐

▶오븐 obeun 烤箱

▶토스트기 toseuteugi 烤麵包機

▶가습기 gaseubgi 加濕機

▶**난방기** nanbang-gi 暖爐

▶**제습기** jeseubgi 除濕機

▶**공기 청정기** gong-gi cheongjeong-gi 空氣淸淨機

▶**전기면도기** jeongimyeondogi 刮鬍刀

▶**음이온** eum-ion 負離子

▶**헤어드라이기** heeodeulaigi 吹風機

▶**음이온 헤어드라이기** eum-ion heeodeulaigi 負離子風機

▶**다리미** dalimi 熨斗

▶**집게령 고데기** jibgelyeong godegi 離子夾

▶**펌고데기** peomgodegi 捲髮器

▶**미용 기기** miyong gigi 美容儀

▶**마사지기** masajigi 按摩器

▶**전동 칫솔** jeondong chis-sol 電動牙刷

▶**오락기** olaggi 遊戲機

▶**AC 어댑터** AC eodaebteo 直流變壓器

05 買化妝品
화장품 사기

A: 저기요. 이 브랜드 스킨 토너가 어디에 있어요?
jeogiyo. i beulaendeu seukin toneoga eodie iss-eoyo?

A: 不好意思，請問這個牌子的化妝水在哪裡？

B: 여기 있어요.
yeogi iss-eoyo.

B: 在這邊。

A: 여기 있는 게 다예요?
yeogi issneun ge dayeyo?

A: 架上的就是全部了嗎？

B: 네. 뭘 찾으세요?
ne. mwol chaj-euseyo?

B: 對，您想找什麼嗎？

A: 예민한 피부 전용 산품이 있대서요.
yeminhan pibu jeon-yong sanpum-i idaeseoyo.

근데 여기는 일반 피부 전용 제품만 있는데요.
hajiman yeogineun ilban pibu jeon-yong jenpumman issneunde-yo.

A: 因為我聽說有針對敏感性肌膚的產品，

但這裡只有一般肌膚用的。

B: 죄송한데 그 건 매진 됐어요.
joesonghande geu geon maejin dwaess-eoyo.

B: 很抱歉，那個現在沒有貨……。

A: 언제 들어올 예정이에요?
eonje deuleool yejeong-ieyo?

A: 什麼時候會再進貨呢？

B: 13일에 들어올 예정인데 그 날 다시 와 주세요.
Sibsamil-e deul-eool yejeong-inde geu nal dasi wa juseyo.

B: 預計13號會再進貨，請您屆時再度光臨。

239

討論膚質的時候用

피부 타입이 어떻게 되세요?
pibu taib-i eotteohge doeseyo?
您的肌膚是什麼類型的呢？

예민한 피부예요.
yeminhan pibuyeyo.
我是敏感肌。

T존 부위가 항상 기름져요.
Tjon buwiga hangsang gileumjyeoyo
我的T字部位總是油亮亮的。

뺨만 건조하고 거칠어요.
bbyamman geonjohago geochil-eoyo.
我就只有臉頰會乾燥粗糙。

選擇產品的時候用

제 피부 색깔과 어울리는 파운데이션 색을 골라 주시겠어요?
je pibu saegkkalgwa eoullineun paundeisyeon saeg-eul golla jusigess-eoyo?
可以請你幫我選適合我的粉底色號嗎？

이거 제 피부와 어울리지 않을 것 같아요.
igeo je pibuwa eoulliji anh-eul goes gat-ayo.
這個好像不適合我的肌膚。

討論產品用法的時候用

일반 클렌징 오일로 지울 수 있어요?
ilban keullenjing oillo jiul su iss-eoyo?
用一般的卸妝油卸得掉嗎？

試用的時候用

좀 발라 보시겠어요?
jom balla bosigess-eoyo?
要不要試擦一點看看呢？

韓國我來了！逛街購物篇

Chapter
6

Part 1
Part 2
Part 3

各類商品

05 買化妝品 화장품 사기

韓國我來了！補充單字 — 🔴 *Track 171*

▶ **화장품** hwajangpum 化妝品

▶ **샘플** saempeul 試用品

▶ **마스카라** maseukala 睫毛膏

▶ **아이섀도우** aisyaedou 眼影

▶ **아이라이너** ailaineo 眼線

▶ **아이브로우** aibeulou 眉筆

▶ **인조 속눈썹** injo sognunsseob 假睫毛

▶ **메이크업베이스** meikeueobbeiseu 隔離霜

▶ **파운데이션** paundeisyeon 粉底液

▶ **파우더** paudeo 蜜粉

▶ **볼터치/블러셔** bolteochi/beulleosyeo 腮紅

▶ **립스틱** libseutig 口紅

▶ **립글로스/틴트** libgeulloseu/tinteu 唇蜜

▶ **립밤** libbam 護唇膏

▶ **클렌징 제품** keullenjing jaepum 卸妝產品

▶ **폼클렌징/스킨샤워** pomkeullenjing/seukinsyawo 洗面乳

▶ **스킨 토너** seukin toneo 化妝水

▶ **로션** losyeon 乳液

▶ **에센스** esenseu 美容精華液

▶ **크림** keulim 乳霜

▶ **마스크팩** maseukeupaeg 面膜

▶ **매니큐어** maenikyueo 指甲油、指甲彩繪

▶ **발 관리** bal gwanli 腳趾彩繪

- ▶**매니큐어 리무버** maenikyueo limubeo 去光水
- ▶**메이크업 브러시** meikeueob beuleosi 刷具
- ▶**파우더팩트** paudeopaegteu 粉餅
- ▶**썬크림** sseonkeulim 防曬乳
- ▶**비비크림** bibikeulim BB霜
- ▶**핸드크림** haendeukeulim 護手霜
- ▶**향수** hyangsu 香水
- ▶**데오드란트** de-odeulanteu 止汗劑
- ▶**보습** boseub 保濕
- ▶**미백** mibaeg 美白
- ▶**예민한 피부** yeminhan pibu 敏感肌膚
- ▶**건조한 피부** geonjohan pibu 乾燥肌膚
- ▶**지성피부** jiseongpibu 油性肌膚
- ▶**촉촉하다** chogchoghada 濕潤、滋潤
- ▶**시원하다** siwonhada 清爽
- ▶**각질** gagjil 角質
- ▶**모공** mogong 毛孔

06 買紀念品
기념품 사기

A: 저기요. 친구 선물 사려고 하는데 괜찮은 거 있어요?

jeogiyo. chingu seonmul salyeogo haneunde gwaenchanh-eun geo iss-eoyo?

B: 이 간식들 어떠세요? 많은 분은 선물로 사시는데요.

i gansigdeul eotteoseyo? manh-eun bun-eun seonmullo sasineundeyo.

A: 근데 친구 과자를 별로 먹지 않는 편이에요. 별로 일 것 같아요…

geunde chingu gwajaleul byeollo meogji anhneun pyeon-ieyo. byeollo il geos gat-ayo…

다른 식품 종류인 괜찮을 것 같아요.

daleun sigpum jonglyuin gwaenchanh-eul geos gat-ayo.

A: 不好意思，我在找要買給朋友的伴手禮，有沒有什麼適合的東西呢？

B: 這些的零食怎麼樣呢？很多人買來當伴手禮喔。

A: 但他不太吃零食，所以零食有點不太適合……

其他食品之類的話倒是可以。

B: 그럼 이 신라면이나 저 불닭볶음면을 어떠세요?

geuleom i sinlamyeon-ina jeo buldalgbokk-eummyeon-eul eoddeoseyo?

A: 괜찮네요. 식품 종류말고 다른 물건도 보고 싶은데요.

gwaenchanhneyo. sigpum jonglyumalgo daleun mulgeondo bogo sip-eundeyo.

B: 식품외에 핸드크림도 인기가 많아요.

sigpum-oee haendeukeulimdo ingiga manh-ayo.

A: 이 핸드크림 정말 괜찮은데요.저도 사서 쓰고 싶네요.

i haendeukeulim jeongmal gwaenchanh-eundeyo. jeodo saseo sseugo sipneyo.

그럼 신라면 한 세트랑 핸드크림 2개 주세요.

geuleom sinlamyeon han seteulang haendeukeulim du gae juseyo..

B: 네.

ne.

B: 那樣的話我推薦這邊的辛拉麵或是那邊的辣雞肉炒泡麵，如何呢？

A: 不錯耶。不過我也想看看食物以外的東西。

B: 食物以外的話護手霜之類的也很受觀迎喔。

A: 這護手霜真不錯呢。我也想買來自己用。

那就給我1包辛拉麵跟2個護手霜。

B: 好的。

244

韓國我來了！實用延伸單句會話 Track 173

詢問特產的時候用

여기 특산품은 뭐예요?
yeogi teugsanpum-eun moyeyo?
這裡的特產是什麼？

여기서만 살 수 있는 게 있어요?
yeogiseoman sal su issneun ge iss-eoyo?
有沒有只有在這裡才買得到的東西？

대표적인 특산품이 있나요?
daepyojeog-in teugsanpum-i issnayo?
有沒有代表性的特產？

전통적인 특산품이 있나요?
jeontongjeog-in teugsanpum-i issnayo?
有沒有什麼傳統風情的特產？

請求推薦的時候用

기념품으로 줄 수 있는 게 있나요?
ginyeompum-eulo jul su issneun ge issnayo?
有沒有什麼適合當成伴手禮的東西？

기념품으로 추천 좀 하시겠어요?
ginyeompum-eulo chucheon jom hasigess-eoyo?
你推薦什麼當成伴手禮？

여자들이 좋아하는 기념품 좀 알려 주세요.
yeojadeul-i joh-ahaneun ginyeompum jom allyeo juseyo.
請告訴我哪些是女生收到會高興的伴手禮。

詢問物品含意的時候用

이 장식품은 무슨 의미가 있나요?
i jangsigpum-eun museun uimiga issnayo?
這個擺飾有什麼意義嗎？

購買當地明信片的時候用

현지 우편엽서같은 거 있나요?
hyeonji upyeon-yeobseogat-eun geo issnayo?
有沒有類似當地明信片的東西呢？

▶**특산품** teugsanpum 特產

▶**기념품** ginyeompum 紀念品

▶**신라면** sinlamyeon 辛拉麵

▶**소주** soju 燒酒

▶**인삼** insam 人蔘

▶**(우편)엽서** (upyeon)yeobseo 明信片

▶**책갈피** chaeggalpi 書籤

▶**열쇠고리/키홀더** yeolsoegoli/kiholdeo 鑰匙圈

▶**장식품** jangsigpum 吊飾、擺飾

▶**젓가락** jeosgalag （韓國）扁筷子

▶**양은 냄비** yang-eun naembi 鋁鍋

韓國我來了！逛街購物篇

Chapter
6

Part 1
Part 2
Part 3

各類商品

06 買紀念品 기념품 사기

▶머그 meogeu 馬克杯

▶ 자석 jaseog 磁鐵

▶부채 buchae 扇子

▶인형 inhyeong 人偶、布偶

▶장난감 jangnangam 玩具

▶포스터 poseuteo 海報

▶우산 usan 傘

▶공예품 gong-yepum 工藝品

▶도자기 dojagi 陶器

▶전통적이다 jeontongjeog-ida 傳統的

부채　扇子

야채 절임　醃菜

장식폼　擺飾

인삼　人蔘

김치　泡菜

인형　布偶

07 購買食品

식품 사기

A: 맛있는 인삼사탕 있어요. 마음대로 드셔 보세요. 한 번 드셔 보시겠어요?
mas-issneun insamsatang iss-eoyo. ma-eumdaelo deusyeo boseyo. han beon deusyeo bosigess-eoyo?

B: 네. 감사합니다.
ne. gamsahabnida.

A: 어떠세요?
eotteoseyo?

B: 응, 맛있네요! 방금 먹은 거 뭐예요?
eung, mas-issneyo! banggeum meogeun geo mwoyeoyo?

A: 방금 홍삼사탕 드셨는데 인삼사탕도 아주 맛있어요.
banggeum hongsamsatang deusyeossneunde insamsatangdo aju mas-iss-eoyo.

인삼사탕도 드셔 보시겠어요?
insamsatangdo deusyeo bosigess-eoyo?

A: 好吃的人蔘糖喔。請各位隨意試吃。要不要嚐一口看看呢？

B: 好的，謝謝。

A: 味道如何呢？

B: 嗯，好吃。我剛剛吃的是哪一個？

A: 您剛才吃的是有紅蔘口味的。

一般人蔘的也很好吃喔，要不要也試吃看看呢？

韓國我來了！逛街購物篇

Chapter
6

Part 1

Part 2

Part 3

▼ 各類商品

⑦ 購買食品 식품 사기

B: 네. 감사합니다.
ne. gamsahabnida.

A: A: 네. 맛있게 드세요.
ne. masiged euseyo.

B 好啊，謝謝。

A: 好的，請用。

韓國我來了！實用延伸單句會話 *Track 176*

試吃的時候用

먹어 봐도 돼요?
meog-eo bwado dwaeyo?
可以試吃嗎？

다른 것도 먹어 보고 싶은데요.
daleun geosdo meog-eo bogo sip-eundeyo.
我還想試試別的。

談論食品的時候用

그냥 먹어도 돼요?
geunyang meog-eodo dwaeyo?
這可以直接吃嗎？

몇 개 있어요?
myeoch gae iss-eoyo?
裡面有幾個？

맛은 몇 가지가 있어요?
mas-eun myeoch gajiga iss-eoyo?
有幾種口味呢？

詢問保存時間和方式的時候用

얼마나 보관할 수 있어요?
eolmana bogwanhal su iss-eoyo?
可以保存多久？

냉동 보관해도 돼요?
naengdong bogwannhaedo dwaeyo?
可以冷凍保存嗎？

다 먹지 않으면 어떻게 보관하는 게 더 좋을까요?
da meogji anh-eumyeon eotteohge bogwanhaneun ge deo joh-eulkkayo?
吃不完的時候要怎麼樣保存比較好呢？

▶**식품** sigpum 食品

▶**음식물** eumsigmul 食物

▶**음료수** eumlyoosu 飲料

▶**먹어 보다** meog-eo boda 試吃

▶**드셔 보다** deusyeo boda 試吃（敬語）

▶**간식/디저트** gansig/dijeoteu 點心

▶**서양과자** seoyang-gwaja 西式糕點

▶**과자** gwaja 糕點

▶**사탕** satang 糖果

▶**비스킷** biseukit 小餅乾

▶**쿠키** kuki 餅乾

▶**케이크** keikeu 蛋糕

▶**인삼사탕** insamsatang 人蔘糖

▶**홍삼사탕** hongsamsatang 紅蔘糖

▶**유통기한** yutong-gihan 保存期限（超過期限不可食用）

▶**보관할수 있는 기한** bogwanhalsu issneun gihan 可保存的時間

▶**보관(하다)** bogwan(hada) 保存

▶**냉장실** naengjangsil 冷藏室

▶**냉동실** naengdongsil 冷凍庫

01 包裝寄送

포장과 배송

韓國我來了！臨場感100%情境對話 　　Track 178

A: 여기서 상품 3 개 해서 450000원입니다.
yeogiseo sangpum set gae haeseo samanocheon won-ibnida.

A: 這邊是3件商品，總共 450000元。

B: 카드로 계산할게요. 그리고 배송 좀 부탁할게요.
kadeulo gyesanhalgeyo. geuligo baesong jom butaghalgeyo.

B: 我要刷卡。還有，我 想委託你們寄送，

공항으로 배송해 주실 수 있으세요?
gonghang-eulo baesonghae jusil su iss-euseyo?

能夠寄到機場嗎？

A: 네. 배송 서비스를 이용하면 상품 하나에 요금 12000원 지불해야 되는데 괜찮으세요?
ne. baesong seobiseuleul iyonghamyeon sangpum hana-e yogeum manicheonwon jibulhaeya doeneunde gwaenchanh-euseyo?

A: 可以。使用寄送服務每 件將額外收取12000元 的運費，沒關係嗎？

B: 네. 해 주세요.
ne. hae juseyo.

B: 可以，請幫我寄送。

A: 그럼 이 신청서에 기재 좀해 주세요. 배송 요금도 이 카드로 지불하시겠어요?
geuleom i sincheongseoe gijae jomhae juseyo. baesong yogeumdo i kadeulo jibulhasigess-eoyo?

A: 那麼，請填寫這張申 請書。運費也用這張 卡刷嗎？

B: B: 네.
ne.

B: 對。

韓國我來了！實用延伸單句會話 ▶ Track 179

談論寄送細節的時候用

배송 시간 정할수 있나요?
baesong sigan jeonghalsu issnayo?
可以指定寄送的時間嗎？

호텔로 배송해 주실 수 있나요?
hotello baesonghae jusill su issnayo?
可以指定寄送到旅館嗎？

편의점에서 물건 받을 수 있나요?
pyeonuijeom-eseo mulgeon bad-eul su issnayo?
可以在超商取貨嗎？

詢問寄達時間的時候用

물건이 언제 도착해요?
mulgeon-i eonje dochaghaeyo?
什麼時候會送到呢？

詢問運費的時候用

배송 요금이 얼마예요?
baesong yogeum-i eolmayeyo?
運費要多少呢？

指示包裝的時候用

모두 같이 포장해 주세요.
modu gat-i pojanghae juseyo.
請幫我全部包在一起。

따로 포장해 주세요.
ttalo pojanghae juseyo.
請幫我分開包。

뽁뽁이/에어캡으로 포장해 주세요.
bbogppog-i/eeokaeb eulo pojanghae juseyo.
請幫我用氣泡紙包起來。

韓國我來了！補充單字 🎧 *Track 180*

▶ **포장(하다)** pojang(hada) 包裝

▶ **묶어서 포장(하다)** mukkgoeseo pojang (hada) 捆包

▶ **싸다** ssada 包住

▶ **배송 요금** baesong yogeum 運費

▶ **보내다** bonaeda 寄送、寄出

▶ **배달하다/발송하다** baedalhada/balsonghada 遞送

▶ **받는 사람 정보** badneun salam jeongbo 收件人資料

▶ **받는 사람** badneun salam 收件人

▶ **송장 번호** songjang beonho 追蹤碼

▶ **같이/함께** gat-i/hamkke 一起

▶ **상자/박스** sangja/bagseu 瓦楞紙箱

▶ **뽁뽁이/에어켑** bbogppog-i/eeokaeb 氣泡紙

從韓國寄東西回台灣

❶ 紙箱要方方正正、避免奇形怪狀，最好是素面不太花俏的箱子。為了預防被寄丟，最好在箱子上另外多貼一份地址，貨運單號也要抄寫在包裝上。

❷ 箱子外面用膠帶完全包裹一遍，盡量保持膠帶均勻整齊。

❸ 盡量用郵局的包裝箱和包裝袋。韓國EMS包裝箱的尺寸、價格如下：

包裝箱號碼	尺寸	價格
1號箱（1호）	22×19×9=50CM	400韓元
2號箱（2호）	27×18×15=60CM	500韓元
3號箱（3호）	34×25×21=80CM	800韓元
4號箱（4호）	41×31×28=100CM	1100韓元
5號箱（5호）	48×38×34=120CM	1700韓元
6號箱（6호）	52×48×40=140CM	2300韓元

❹ 如果同時寄幾個包裹到同一個地址，最好用不同規格、不同顏色的包裝。如果要寄到同一個地址的包裹實在很多，盡量請親友代收、分別寄到不同的地址，且包裝規格要有差別，否則如果頻繁使用同一地址，東西很容易被扣押在海關。

❺ 控制貨物單件重量，每箱重量最多不能超過20公斤，否則容易被台灣海關扣留、補稅喔！

02 商品退換
반품하기

韓國我來了！臨場感100%情境對話 Track 181

A: 죄송한데 이 건 어제 산 거데요. 호텔에 가서 여기 얼룩을 봤어요.

joesonghande i geon eoje san geodeyo. hotel-e gaseo yeogi eollug-eul bwass-eoyo.

B: 정말 죄송합니다. 영수증 가지고 오셨어요?

jeongmal joesonghabnida. yeongsujeung gajigo osyeoss-eoyo?

A: 여기요.

yeogiyo.

B: 반품하시겠어요? 새로운 상품으로 바꾸시겠어요?

banpumhasigess-eoyo? Saelo-oun sangpum-eulo bakkusigess-eoyo?

A: 환불 받을 수 있나요?

Hwanbulhal su issnayo.

B: 네. 환불 비용 가지고 오겠습니다. 잠시만 기다려 주세요.

ne. hwanbul biyong gajigo ogessseubnida. jamsiman gidalyeo juseyo.

（잠시 후）

A: 환불 비용 드리겠습니다. 또 오세요.

hwanbul biyong deuligessseubnida. ddo oseyo.

A: 不好意思，這個是我昨天買的，但我回去後發現這邊有髒汙。

B: 非常抱歉。請問您有帶收據來嗎？

A: 在這。

B: 您是要退貨嗎？還是要為您更換新的呢？

A: 我要退貨。

B: 好的。我去為您拿退貨的費用，請您稍候。

（過了一會）

B: 這是退貨的費用。請再度光臨。

退換貨時用

환불 받고 싶은데요.
hwanbul badgo sip-eundeyo.
我想退貨。

반품하시는 이유 여쭤봐도 되나요?
banpumhasineun iyu yeojjwobwado doenayo?
方便請問您退貨的原因嗎？

다른 물건으로 바꿔도 돼요?
daleun mulgeon-eulo bakkwodo dwaeyo?
可以幫我換成別的東西嗎？

할인 상품은 반품과 교환이 불가능합니다.
hal-in sangpum-eun banpumgwa gyohwan-i bulganeunghabnida.
我們不接受特價品的退換貨。

환불 받으시겠어요?
hwanbul bad-eusigess-eoyo?
您是希望退費嗎？

불량품인가요.
bullyangpum-ingayo.
這好像是瑕疵品。

詢問購買日期的時候用

언제 사셨어요?
eonje sasyeoss-eoyo?
您是何時購買的呢？

收取差價的時候用

2500원 더 주셔야 되는데 괜찮으세요?
icheon-obaeg- won deo jusyeoya doeneunde gwaenchanh-euseyo?
我們將和您收取2500元的差價，您可以接受嗎？

韓國我來了！補充單字　Track 183

▶ **교환(하다)** gyohwan(hada) 交換

▶ **바꾸다** bakkuda 交換

▶ **반품하다** banpumhada 退貨

▶ **환불(받다)** hwanbul(badda) 退費

▶ **가격 차이** gagyeog chai 差價

▶ **불량품** bullyangpum 不良品

▶ **망가지다** mang-gajida 壞掉

▶ **더럽다** deoleobda 髒污的

▶ **금이 가는~** geum-i ganeun~ 有裂痕的～

▶ **얼룩** eollug 污漬

▶ **깨지다** kkaejida 破碎的

▶ **바깥 포장** baggal pojang 外包裝

▶ **포장을 풀다** pojang-eul pulda 開封

▶ **할인 상품** hal-in sangpum 特價品

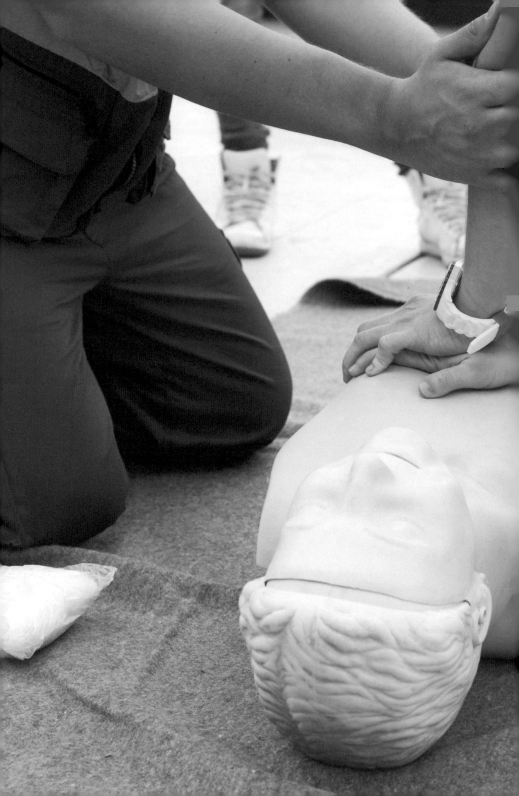

韓國我來了！
緊急狀況篇

01 / 國際電話

국제전화

韓國我來了！臨場感100%情境對話 🎧 *Track 184*

A: 저기요, 국제 전화 어떻게 걸어야 돼요?
jeogiyo, gugje jeonhwa eotteohge geol-eoya dwaeyo?

B: 어디로 국제 전화 거시는 거예요?
eodilo gugje jeonhwa geosineun geoyeyo?

A: 대만으로요.
daeman-euloyo.

B: 먼저 (국제 전화 코드) 001 누르시고 국가 번호 누르세요.
meonjeo (gugje jeonghwa kodeu) gong-gong-il geosigo sangdae gugga beonho geoseyo.

그 다음에 지역 번호0빼고 전화 거시면 돼요.
geu da-eum-e jiyeog beonho gong ppaego jeonhwa jeonho geoseyo.

A: 감사합니다. 대만 국가 번호 뭔지 찾아 주실 수 있으세요?
gamsahabnida. daeman gugga beonho mwonji chaj-a jusil su iss-euseyo?

B: 네, 잠시만 기다려 주세요. 대만 국가 번호는 886입니다.
ne, jamsiman gidalyeo juseyo. daeman gugga beonhoneun palpal-yog-ibnida.

A: 不好意思，請問國際電話要怎麼打？

B: 請問要打到哪裡？

A: 要打到台灣。

B: 請先打國際冠碼010，之後按對方的國碼。

然後輸入去掉區碼最前面的0之後的電話號碼。

A: 謝謝，那可以請你幫我查一下台灣的國碼是多少嗎？

B: 好的，請您稍候。台灣的國碼是886。

韓國我來了！緊急狀況篇

Chapter
7

Part 1

Part 2

Part 3

Part 4

▼
電話溝通

01
國際電話 국제전화

A: 감사합니다. 그리고 요금은 얼마예요?
gamsahabnida. geuligo yogeum-eun eolmayeyo?

B: 60초에 200원입니다.
yugsibcho-e ibaegwon ibnida.

A: 알겠습니다. 감사합니다.
algessseubnida. gamsahabnida.

A: 謝謝。還有，打去台
灣的電話費是怎麼算
的？

B: 每6秒我們將向您收取
200元。

A: 我知道了，謝謝。

韓國我來了！實用延伸單句會話 *Track 185*

撥打國際電話的時候用	**국제 전화 어떻게 거는지 알려 주세요.** gugje jeonhwa eotteohge geoneunji allyeo juseyo. 請教我國際電話怎麼打。

어디에서 국제전화 카드 살 수 있어요?
eodieseo gugjejeonhwa kadeu sal su iss-eoyo?
在哪可以買到國際電話卡呢？

이 전화로 국제 전화 걸수 있나요?
i jeonhwalo gugje jeonhwa geolsu issnayo?
這支電話可以撥打國際電話嗎？

尋找公共電話
的時候用

이 근처에 공중 전화가 있어요?
i geuncheo-e gongjung jeonhwaga iss-eoyo?
附近有公共電話嗎？

詢問電話號碼
的時候用

전화 번호 좀 알려 주실 수 있으세요?
jeonhwa beonho jom allyeo judil su iss-euseyo?
能告訴我你的電話號碼嗎？

打錯電話的
時候用

죄송합니다. 전화 잘못 걸었어요.
joesonghabnida. jeonhwa jalmos geol-eoss-eoyo.
不好意思，我打錯電話了。

▶**국제 전화** gugje jeonhwa 國際電話

▶**공중 전화** gongjung jeonhwa 公共電話

▶**시내 전화** sinae jeonhwa 市內電話

▶**전화 번호** jeonhwa beonho 電話號碼

▶**국제 통화 코드** gugje tonghwa kodeu 國際冠碼

▶**국가 번호** gugga beonho 國碼

▶**지역 번호** jiyeog beonho 區碼

▶**전화 카드** jeonhwa kadeu 電話卡

▶**선불카드** seonbulkadeu 預付卡

▶**국제전화 카드** gugjejeonhwa kadeu 國際電話卡

▶**전화 요금** jeonhwa yogeum 電話費

▶**전화를 걸다** jeonhwaleul geolda 撥打

▶**전화를 끊다** jeonhwaleul kkeunhda 掛斷

01 / 無線網路
와이파이

韓國我來了！臨場感100%情境對話 ⊙ *Track 187*

A: 저기요, 여기 무료 와이파이 있다고 들었는데요.
jeogiyo, yeogi mulyo waipai issdago deuleossneundeyo.

A: 不好意思，我聽說這裡有免費WiFi可以用。

B: 네. SSID는FOUR SEASON이고 비밀번호는 0이 8개입니다.
ne. SSIDneunFOUR SEASONigo bimilbeonhoneun yeon-i yeodeolb gaeibnida.

B: 對，SSID是FOUR SEASON，密碼是8個0。

A: 0000-0000 맞죠?
yeon-yeon-yeon-yeon-yeon-yeon-yeon-yeon majjyo?

A: 0000-0000對吧，我知道了。

B: 연결이 됐어요?
yeongyeol-i dwaess-eoyo?

B: 可以嗎？有連上嗎？

A: 네. 됐어요. 방안에서도 연결해서 사용할 수 있나요?
ne. dwaeeoss-yo. bang-an-eseodo yeongyeolhaeseo sayonghal su issnayo?

A: 可以，沒問題。在房間內也能用嗎？

B: 죄송한데 일부 방에서는 연결되는데 주로 로비에서 연결해 사용할 수 있습니다.
joesonghande ilbu bang-eseoneun yeongyeoldoeneunde julolobieseo yeongyeolhae sayonghal su issseubnida.

B: 很抱歉，有些房間是連得上，但基本上是只能在這個大廳使用。

A: 그래요? 알겠습니다.
geulaeyo? algessseubnida.

A: 這樣啊，我知道了。

韓國我來了！實用延伸單句會話 Track 188

| 詢問WiFi密碼的時候用 | **와이파이 비밀번호 좀 알려 주세요.**
waipai bimilbeonho jom allyeo juseyo.
請告訴我WiFi的密碼。 |

| 尋找WiFi熱點的時候用 | **이 근처에 무료 와이파이 되는데가 있나요?**
i geuncheoe mulyo waipai doeneundega issnayo?
附近有免費的WiFi熱點嗎？ |

| 連接WiFi的時候用 | **와이파이 연결이 안되는데요.**
waipai yeongyeol-i andoeneundeyo.
我連不上WiFi。 |

와이파이 신호가 약하네요.
waipai sinhoga yaghaneyo.
WiFi的訊號好弱。

| 詢問WiFi使用限制的時候用 | **와이파이 시간 제한이 있어요?**
waipai sigan jehan-i iss-eoyo?
有限制可連接的時間嗎？ |

송량 제한이 있어요?
songlyang jehan-i iss-eoyo?
有限制傳輸量嗎？

등록해야 돼요?
deungloghaeya dwaeyo?
會需要註冊會員之類的嗎？

韓國我來了！緊急狀況篇

Chapter

7

Part 1
Part 2
Part 3
Part 4

韓國我來了！補充單字 🔊 *Track 189*

▶와이파이 waipai 無線網路

▶와이파이 접속지역 waipai jeobsogjiyeog 無線網路熱點

▶아이디 aidi 使用者名稱

▶비밀번호 bimilbeonho 密碼

▶연결(하다) yeongyeol (hada) （被動）連接

▶연결(되다) yeongyeol (doeda) （主動）連接

▶통신(하다) tongsin (hada) 通訊

▶제한 jehan 限制

▶등록(하다) deunglog (hada) 註冊

▶신호 sinho 訊號

▶인터넷 inteonet 網際網路

▶(웹)사이트 (web) saiteu 網站

▶메인페이지 meinpeiji 主頁

▶정보/데이터 jeongbo/deiteo 資料

▶SNS SNS社群網站、通訊軟體

01 / 赴醫就診
병원에 가기

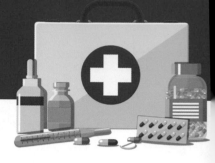

韓國我來了！臨場感100%情境對話 🔊 *Track 190*

A: 저기요. 몸이 좀 안 좋은데 이 근처에 있는 진료소 좀 알려 주실 수 있으세요?
jeogiyo. momi jom an joheunde i geuncheoe issneun jinlyoso jom allyeo jusil su iss-euseyo?

A: 不好意思，我身體不太舒服，可以請你介紹附近的診所給我嗎？

B: 구체적으로 어떻게 아픈지 설명해 주시겠어요?
guchejeog-eulo eotteohge apeunji seolmyeonghasigess-eoyo?

B: 可以具體說明是怎樣不舒服呢？

A: 오른쪽 눈이 붓고 아파요.
oleunjjog nuni busgo apayo.

A: 右眼腫腫的，很痛。

B: 정말 큰일 났네요. 제가 같이 안과 진료소에 가 드릴까요?
jeongmal keun-il nassneyo. jega gat-i angwa jinlyoso-e ga deulilkkayo?

B: 那真是糟糕，我陪您去眼科，如何？

A: 괜찮아요. 혼자 갈 수 있어요.
gwaenchanh-ayo. honja gal su iss-eoyo.

A: 沒關係，我自己能去。

B: 알겠습니다. 그럼 제일 가까운 안과 위치는 지도에 그려 드릴게요.
algessseubnida. geuleom jeil gakkaun angwa wichineun jido-e geulyeo deulilgeyo.

B: 我知道了。那麼，我幫您畫一張去最近的眼科的地圖。

A: A: 감사합니다.
gamsahabnida.

A: 謝謝。

韓國我來了！**緊急狀況篇**

Chapter
7

Part 1
Part 2
Part 3
Part 4

▼
生病就醫

01
赴醫就診 병원에 가기

韓國我來了！實用延伸單句會話 ▶ 💿 *Track 191*

需要救護車 的時候用	**구급차 좀 불러 주세요.** gugeubcha jom bulleo juseyo. 請叫救護車。

掛號的時候用	**처음 오셨어요?** cheoeum osyeoss-eoyo? 您是第一次來嗎？

여기에 기재 좀 주세요.
yeogie gijae jom juseyo.
請您填寫這張表。

초진 진료비 얼마예요?
chojin jinlyobi eolmayeyo?
初診費要多少錢？

여행으로 와서 주민 등록증/외국인 등록증 없어요.
yeohaeng-eulo waseo jumin deunglogjeung/oegug-in deunglogjeung
eobs-eoyo.
我是觀光客，所以沒有登錄證（韓國身分證）。

選擇科別的 時候用	**무슨 과에 접수하시겠어요?** museun gwa-e jeobsuhasigess-eoyo? 您想要掛哪一科？

무슨 과에 접수해야 돼요?
museun gwa-e jeobsuhaeya dwaeyo?
我應該掛哪一科好？

韓國我來了！補充單字 🎧 *Track 192*

▶병원 byeong-won 醫院

▶진료소 jinlyoso 診所

▶외래 oelae 門診

▶알려주다 allyeojuda 介紹

▶주민 등록증 jumin deunglogjeung （韓國身分證）住民登錄證

▶외국인 등록증 oegug-in deunglogjeung (韓國外國人身分證)外國人登錄證

▶접수(하다) jeobsu(hada) 掛號

▶초진 chojin 初診

▶재진 jaejin 複診

▶몸이 안 좋다 mom-i an johda 身體不舒服

▶감기 gamgi 感冒

▶눈 nun 眼睛

▶붓다 butda 腫

▶아프다 apeuda 痛

▶구체적으로 guchejeog-eulo 具體

▶상황 sanghwang 狀況

▶자비 jabi 自費

▶내과 naegwa 內科

▶외과 oegwa 外科

▶안과 angwa 眼科

▶치과 chigwa 牙科

▶피부과 pibugwa 皮膚科

▶소아과 soagwa 小兒科

▶신부인과 bu-ingwa 婦科

▶응급 진료 eung-geub jinlyo 急診

02 身體不適
불편한 몸

韓國我來了！臨場感100%情境對話　⊙ *Track 193*

A: 오늘 무슨 일이세요?
oneul museun -il-iseyo?

B: 감기 걸렸나봐요. 목이 아프고 기침이 나요. 그리고 머리가 아파요.
gamgi geollyeossnabwayo. mog-i apeugo gichim-i nayo. geuligo meoliga apayo.

A: 체온 재셨어요?
che-on jaesyeoss-eoyo?

B: 아직이요. 온도계가 없어서요.
ajig-iyo. ondogyega eobs-eoseoyo.

A: 아무튼 온도 좀 잽시다.
amuteun ondo jom jaebsida.

B: 네.
ne.

A: 今天怎麼了嗎？

B: 好像是感冒了，喉嚨痛還有咳嗽。而且頭一直很痛。

A: 量過體溫了嗎？

B: 還沒，因為手邊沒有體溫計。

A: 那總之先來量個體溫吧。

B: 好的，拜託您了。

A: 37.8도인데 열이 좀 나네요. 입 좀 벌려 보세요

samsibchiljeompaldoinde yeol-i jom naneyo. ib jom beollyeo boseyo.

A: 음…좀 붓었네요. 약 처방해 드릴게요. 몸 회복되기전까지 잘 쉬세요.

eum…jom bus-eossneyo. yag cheobanghae deulilgeyo. mom hoebogdoegijeonkkaji jal swiseyo.

B: 감사합니다, 의사 선생님.

gamsahabnida, euisa seonsaengnim.

A: 37度8，有點發燒呢。
那把嘴巴張開。

A: 嗯……腫腫的呢。我
會開藥給你，在身體
狀況恢復前，要好好
休息。

B: 謝謝醫生。

韓國我來了！**緊急狀況篇**

Chapter
7

Part 1
Part 2
Part 3
Part 4

韓國我來了！實用延伸單句會話 *Track 194*

▼ 生病就醫 **02** 身體不適 **불편한 몸**

看診的時候用

옷 걷어 올려 주세요.
os geod-eo ollyeo juseyo.
請把上衣拉起來。

뒤로 돌아 주세요.
dwilo dol-a juseyo.
請向後轉。

숨 크게 쉬세요.
sum keuge swiseyo.
請深呼吸。

온도계 겨드랑이에 끼세요.
ondogye gyeodeulang-ie kkiseyo
請把體溫計夾在腋下。

需要回診的時候用

3일 후에 재진하러 오세요.
samil hu-e jaejinhaleo oseyo.
3天後請來回診。

領藥的時候用

이 처방전 가지고 약국에 가세요.
i cheobangjeon gajigo yaggug-e gaseyo.
請拿這張處方籤去藥局。

特殊情況的時候用

임신했어요.
imsinhaess-eoyo.
我懷有身孕。

약에 알레르기 있어요.
yag-e alleleugi iss-eoyo.
我有藥物過敏。

평소에 이 약 먹어요.
pyeongso-e i yag meog-eoyo.
我平常有在吃這個藥。

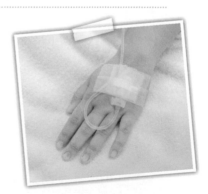

▶의사 euisa 醫生

▶간호사 ganhosa 護理師

▶선생님 seonsaengnim 醫生、老師等的敬稱

▶진료(하다) jinlyo(hada) 看診

▶진료를 받아 jinlyoleul bad-a 接受看診

▶감기에 걸리다 gamgi-e geollida 感冒

▶독감 doggam 流感

▶병 byeong 疾病

▶약 yag 藥

▶기침 gichim 咳嗽（名詞）

▶기침이 나다 gichim-i nada 咳嗽

▶코가 막히다 koga maghida 鼻塞

▶콧물 kotmul 鼻水

▶코피 kopi 鼻血

▶머리가 아프다 meoliga apeuda 頭痛

▶위가 아프다 wiga apeuda 胃痛

▶이가 아프다 iga apeuda 牙齒痛

▶열이 나다 yeol-i nada 發燒

▶정상 체온 jeongsang che-on 正常體溫

▶피곤하다 pigonhada 倦怠

▶간지럽다 ganjileobda 癢

韓國我來了！緊急狀況篇

Chapter
7

Part 1
Part 2
Part 3
Part 4

▼
生病就醫

02 身體不適 不便한 몸

▶**아프다** apeuda 痛

▶**멀미 (나다)** meolmi (nada) 暈眩

▶**구역질이 나다** guyeogjil-i nada 噁心反胃

▶**토하다** tohada 嘔吐

▶**설사** seolsa 腹瀉（名詞）

▶**설사를 나다** seolsaleul nada 腹瀉

▶**오한이 들다/나다** ohan-i deulda/nada 發冷、畏寒

▶**가슴이 답답하다** gaseum-i dabdabhada 胸悶

▶**체온** chaon 體溫

▶**건강 상태** geongang sangtae 身體狀況

▶**임신(하다)** inmsin(hada) 懷孕

03 意外受傷
다치기

韓國我來了！臨場感100%情境對話　🎵 *Track 196*

A: 무슨 일이세요?
museun-il-iseyo?

B: 계단에서 넘어졌는데 발 부딪혔어요, 걸으면 발이 아주 아파요.
gyedan-eseo neom-eojyeossneunde bal budij-heoss-eoyo, geol-eumyeon bal-i aju apayo.

A: 음 … 좌상입니다. 혹시 모르니까 엑스레이 찍으십다.
eunm…jwasang-ibnida. hogsi moleunikka egseulei jjig-eusibda.

A: 괜찮네요. 뼈는 부러지지 않았습니다.
gwaenchanhneyo. ppyeoneun buleojiji anh-assseubnida.

B: 다행이에요! 낫는데 얼마나 걸리나요?
dahaeng-ieyo! nasneunde eolmana geollinayo?

A: 2주 동안 잘 쉬면 나을 것 같습니다.
iju dong-an jal swimyeon na-eul geos gatseubnida.

B: 알겠습니다. 감사합니다, 의사 선생님.
algessseubnida. gamsahabnida, euisa seonsaengnim.

A: 你怎麼啦？

B: 我從樓梯上摔下來，撞到了腳，現在一走路就很痛。

A: 嗯……這是挫傷。保險起見，我們還是照張X光吧。

A: 沒問題，沒有骨折。

B: 太好了！這個挫傷大概要多久才會完全好呢？

A: 靜養2個星期應該就差不多了。

B: 我知道了，謝謝醫生。

韓國我來了！**緊急狀況篇**

Chapter
7

Part 1
Part 2
Part 3
Part 4

韓國我來了！實用延伸單句會話 ● *Track 197*

詢問受傷原由 的時候用	**어떻게 다치셨어요?** eotteohge dachisyeoss-eoyo? 你是怎麼受傷的？
說明疼痛的 時候用	**여기 아파요.** yeogi apayo. 這裡很痛。
詢問處置方式 的時候用	**입원해야 돼요?** ib-wonhaeya dwaeyo? 需要住院嗎？ **수술 받아야 돼요?** susul bad-aya dwaeyo? 需要開刀嗎？
下達療傷指示 的時候用	**운동 무리하게 하지 마세요.** undong mulihage haji maseyo. 請避免進行激烈運動。 **목욕과 샤워 하지 마세요.** mog-yoggwa syawo haji maseyo. 請不要泡澡或淋浴。

生病就醫

03

意外受傷

다치기

▶**다치다** dachida 受傷

▶**뼈가 부러지다** bbyeoga buleojida 骨折

▶**좌상** jwasang 挫傷

▶**삐다** bbida 扭傷

▶**부딪침** budijchim 撞傷

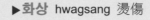

▶**화상** hwagsang 燙傷

▶**쓰러지다** sseuleojida 昏倒

▶**주사(놓다)** jusa(nohda) 注射

▶**피를 뽑다** pileul ppobda 抽血

▶**(수혈)하다** (suhyeol)hada 輸血

▶**수술(하다)** susul(hada) 手術

▶**봉합(하다)** bonghab(hada) 縫合

▶**입원(하다)** ib-won(hada) 住院

▶**퇴원(하다)** toewon(hada) 出院

▶**엑스레이** egseulei X光片

▶**CT 촬영** CT chwal-yeong 斷層掃描檢查

▶**링거** ling-geo 點滴

▶**쉬다** swida 靜養

▶**회복(하다)** hoebog(hada) 痊癒

▶**낫다** natda 痊癒

▶**건강을 회복하다** geongang-eul hoeboghada 完全痊癒

▶**물리 치료** mulli chilyo 復健

04 / 購買成藥
약 사기

韓國我來了！臨場感100%情境對話 🎵 *Track 199*

A: 저기요, 감기 약이 있나요?
jeogiyo, gamgi yagi issnayo?

A: 不好意思，請問有感冒藥嗎？

B: 증상이 뭡니까?
jeungsang-i mwobnikka?

B: 您有什麼症狀呢？

A: 열이 나고 기침과 콧물도 나는데 코가 막혀요.
yeol-i nago gichimgwa kosmuldo naneunde koga maghyeoyo.

A 好像有點發燒跟咳嗽流鼻水，還會鼻塞。

B: 이 약이 효과적이에요.
geuleom i yag-i hyogwajeog-ieyo.

B: 這樣的話，這個藥很有效喔。

A: 이 약은 정제약이에요?
i yag-eun jeongjeyagieyo?

A: 這是藥錠嗎？

B: 네.
ne.

B: 對。

A: 그럼 이거 주세요. 근데 언제 먹어야 돼요?
geuleom igeo juseyo. geunde eonje meog-eoya dwaeyo?.

A: 那就這個。這藥該怎麼吃？

B: 하루에 3번, 식사 후에요.
Halue setbeon, sigsa hueyo.

B: 1天3次，飯後服用。

買藥的時候用

해열제 사려고 왔는데요.
haeyeolje salyeogo wassneundeyo.
我想買退燒藥。

처방전 없어도 이 약 살 수 있나요?
cheobangjeon eobseodo i yag sal su issnayo?
沒有處方籤可以買這個藥嗎？

이 약은 처방전 없으면 사실 수 없으세요.
i yag-eun cheobangjeon eobs-eumyeon sasil su eobs-euseyo.
這個藥如果沒有處方籤我們無法販售給您。

討論藥物使用
方式的時候用

약을 잘 흔들어서 복용하세요.
yag-eul jal heundeul-eoseo bog-yonghaseyo.
請搖勻後再服用。

6 시간마다 2알씩 드세요.
yeoseos siganmada dualssig deuseyo.
請每隔6小時吃2顆。

討論藥物效果
的時候用

이 약 먹으면 졸려요?
i yag meog-eumyeon jollyeoyo?
這個藥吃了會想睡覺嗎？

약은 먹은후에 언제까지 효과가 있어요?
yageun meog-eunhu-e eonjekkaji hyogwaga iss-eoyo?
藥效要多久才會發揮呢？

부작용이 있어요?
bujag-yongi iss-eoyo?
會有副作用嗎？

韓國我來了！**緊急狀況篇**

Chapter
7

Part 1

Part 2

Part 3

Part 4

韓國我來了！補充單字 🎧 *Track 201*

▶ **약국** yaggug 藥局

▶ **약** yag 藥

▶ **약품** yagpum 藥品

▶ **처방** cheobang 處方籤

▶ **내복약** naebog-yag 內服藥

▶ **외용약** oeyong-yag 外用藥

▶ **정제** jeongje 藥錠

▶ **캡슐** kaebsyul 膠囊

▶ **가루약** galuyag 藥粉

▶ **약물** yagmul 藥水

▶ **시럽** sileob 糖漿

▶ **감기약** gamgiyag 感冒藥

▶ **해열제** haeyeolje 退燒藥

▶ **기침약** gichim-yag 止咳藥

▶ **비염약** biyeom-yag 鼻炎藥

▶ **멀미약** meolmiyag 止暈藥

▶ **진통제** jintongje 止痛藥

▶ **가려움 멈추는 약** galyeoum meomchuneun yag 止癢藥

▶ **구토가 멎는 약** gutoga meojneun yag 止吐藥

▶ **지사제** jisaje 止瀉藥

▶ **위장약** wijang-yag 腸胃藥

▶ **안약** an-yag 眼藥

▶ **부작용** bujag-yong 副作用

▶ **대일 밴드** daeil baendeu OK繃

▶ **붕대** bungdae 繃帶

▶ **영양제** yeong-yangje 營養輔助食品

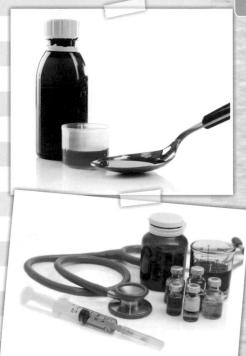

01/迷路
길 잃기

韓國我來了！臨場感100%情境對話　🔊 Track 202

A: 저기요. 길 잃은 것 같은데 길 좀 여쭤봐도 될까요?
jeogiyo. gil ilh-eun geos gat-eunde gil jom yeojjwobwado doelkkayo?

B: 네.
ne.

A: 지금 제가 이 지도 어디에 있어요?
jigeum jega i jido eodi-e iss-eoyo?

B: 지금 여기 있어요. 근데 어디로 가세요?
jigeum yeogi iss-eoyo. geunde eodilo gaseyo?

A: 미술관이요.
misulgwan-iyo.

B: 미술관에 가려면 이 길로 걷는 게 더 빨라요.
misulgwan-e galyeomyeon i gillo geotneun ge deo ppallayo.

A: 不好意思，我好像迷路了，方便和您問個路嗎？

B: 可以啊。

A: 我現在在這張地圖上的哪裡呢？

B: 現在在這一帶。順便問一下，你想要去哪？

A: 美術館。

B: 要去美術館的話，走這條路比較快。

韓國我來了！緊急狀況篇

Chapter
7

Part 1
Part 2
Part 3
Part 4

意外狀況

01 迷路 길잃기

이 길로 쭉 가서 두번째 길에서
오른쪽으로 돌아가면 미술관이 보여요.
i gillo jjug gaseo dubeonjae gil-eseo oleunjjog-eulo
dol-agamyeon misulgwan-i boyeoyo.

順著這條路走，在第二條
大馬路右轉之後應該馬上
就能看到了。

A: 알겠습니다. 감사합니다.
algessseubnida. gamsahabnida.

A: 我知道了，謝謝。

韓國我來了！實用延伸單句會話 Track 203

問路的時候用	미술관에 어떻게 가야 돼요? misulgwan-e eotteohge gaya dwaeyo? 請問美術館要怎麼去？
	여기가 어디예요? yeogiga eodiyeyo? 這裡是哪裡？
	어떤 유명한 곳이 있나요? eoddeon yumyeonghan gos-i issnayo? 有什麼地標嗎？
使用地圖的 時候用	이 지도로 알려 주세요. i jidolo allyeo juseyo. 請用這張地圖告訴我。
	지도 좀 그려 주시겠어요? jido jom geulyeo jusigess-eoyo? 可以請您幫我畫張地圖嗎？
請人帶路的 時候用	거기까지 같이 가 주실 수 있으세요? geogikkaji gat-i ga jusil su iss-euseyo? 可以請您帶我去那裡嗎？
	따라 오세요. ddala oseyo. 跟我來。
婉拒問路的 時候用	이 근처 길 잘 모르겠는데요. i geuncheo gil jal moleugessneundeyo. 我對這一帶不熟。

▶**길** gil 街道

▶**도로** dolo 道路

▶**길을 잃다** gil-eul ilhda 迷路

▶**길을 잃은 사람** gil-eul ilh-eun salam 迷路的人

▶**지도** jido 地圖

▶**잃다** ilhda 遺失

▶**묻다** mudda 詢問

▶**여쭈다** yeojjuda 詢問（敬語）

▶**잘 모르다** jal moleuda 不清楚

▶**쭉** jjug 直地

▶**돌아가다** dol-agada 轉彎

▶**지름길** jileumgil 捷徑

▶**돌아가다** dol-agada 繞遠路

▶**길 끝** gil ggeut 路的盡頭

▶**모퉁이** motung-i 轉角

▶**신호등** sinhodeung 紅綠燈

▶**사거리** sageoli 十字路口

▶**건널목** geonneolmog 平交道

▶**빌딩** bilding 大樓

▶**방향** banghyang 方向

▶**현재 위치** hyeonjae wichi 現在位置

02 被偷被搶
도둑과 강도 맞기

韓國我來了！臨場感100%情境對話　🔘 *Track 205*

A: 죄송한데 지갑 도둑 맞았어요.
joesonghande je jigab homchyeoss-eoyo.

B: 도둑 맞은 곳, 상황과 지갑 디자인,
내용물등 자세히 알려 주세요.
dojeog maj-eun gos, sanghwang-gwa jigab dijain,
naeyongmuldeung jasehi allyeo juseyo.

A: 갈색 가죽 지갑인데 안에 10만원짜리
현금과 신용카드 3장이 있어요.

지하철 플랫폼에서는 지갑이 있었는데
아마 지하철에서 소매치기 당한 것
같아요.
galsaeg gajug jigab-inde an-e sibman-wonjjali
hyeongeumgwa sin-yongkadeu
samjang-i iss-eoyo. jihacheol peullaespom-eseo
jigab-i ajig iss-eossneunde ama
jihacheol-eseoneun somaechigi danghan geos gat-
ayo.

A: 不好意思，我錢包被偷了。

B: 請將被偷的地點、狀況和錢包的外觀、內容物等詳細地告訴我。

A: 是個咖啡色的皮夾。裡頭約有10萬元現金和3張信用卡。我在車站月台的時候錢包還在，所以我想大概是在地鐵裡被扒走了。

B: 알겠습니다. 그럼 이 도난, 분실 증명서 기재하세요.

algessseubnida. geuleom i donan, bunsil jeungmyeongseo gijaehaseyo.

(도난, 분실 증명서 제출 후) ·······························

B: 그럼 저희가 처리하겠습니다. 지갑 찾자마자 바로 연락해 드릴게요.

geuleom jeohiga cheolihagessseubnida. jigab chaj-jamaja balo yeonlaghae deulilgeyo.

A: 감사합니다.

gamsahabnida.

B: 我知道了。那麼，請填寫這張失竊、遺失證明書。

（提交失竊、遺失證明書之後）·······················

B: 那麼，這就交給我們處理。找到之後會立刻通知你。

A: 謝謝。

韓國我來了！實用延伸單句會話 *Track 206*

▼
意外狀況

02 被偷被搶 도둑과 강도 맞기

尋求幫助的時候用	도둑이네요! dodug-ineyo! 小偷！
	누가 그 사람 좀 잡아 주세요! nuga geu salab jom jab-a juseyo. 誰來幫忙抓住那個人！
報案的時候用	죄송한데 경찰서가 어디에 있어요? joesonghande gyeongchalseoga eodie iss-eoyo? 請問警察局在哪裡？
	도난 신고하겠습니다. donan singohagessseubnida. 我想提報失竊。
說明遭遇的時候用	강도 맞았어요. gangdo maj-ass-eoyo. 我被搶了。
	소매치기 당했어요. somaechigi danghaess-eoyo. 我遇上扒手了。
尋求後續協助的時候用	도난 증명서 만들어 주세요. donan jeungmyeongseo mandeul-eo juseyo. 請幫我開立失竊證明書。
	주한국타이베이대표부에 연락하세요. juhangugtaibeidaepyobue yeonlaghaseyo. 請聯絡駐韓國台北代表部。

▶**도난** donan 失竊

▶**훔치다** homchida 偷

▶**도둑** dodug 小偷

▶**소매치기** somaechigi 扒手

▶**빼앗다** bbaeasda 強奪

▶**강도** gangdo 強盜

▶**경찰** gyeongchal 警察

▶**파출소** pachulso 派出所

▶**경찰서** gyeongchalseo 警察局

▶**심문(하다)** simmun(hada) 偵訊

▶**도난, 분실 증명서** donan, bunsil jeungmyeongseo 失竊、遺失證明書

▶**신고(하다)** singo(hada) 報案

▶**신고서** singoseo 報案單

▶**도난 증명서** donan jeungmyeongseo 失竊證明書

▶**잡다** jabda 抓住

▶**목격자** moggyeogja 目擊者

▶**피해자** pihaeja 被害人

03 交通事故
교통사고

韓國我來了！臨場感100%情境對話 ● *Track 208*

A: 아! 앞에 안 보고 다니세요? 다쳤잖아요!
a! ap-e an bogo daniseyo? dachyeossjanh-ayo!

A: 欸！你都不看前面啊？會受傷欸！

B: 정말 죄송합니다. 브레이크를 밟으려고 했는데 액셀을 밟았어요.
jeongmal joesonghabnida. beuleikeuleul balb-eulyeogo haessneunde aegselleol balb-ass-eoyo.

B: 對不起……我要踩剎車結果不小心踩成油門了。

A: 다행히 다친 사람이 없네요. 경찰 부를게요. 여기서 기다려 주세요.
dahaeng-hi dachin salam-i eobsneyo. gyeongchal buleulgeyo. yeogiseo gidalyeo juseyo.

A: 還好沒有人受傷。我現在要報警，請你在這等著。

（경찰에 신고중） ⋯⋯⋯⋯⋯

（報警中） ⋯⋯⋯⋯⋯

A: 여보세요? 교통사고 당했어요.
yeoboseyo? gyotongsago danghaess-eoyo.

A: 喂，我遇上交通事故了。

C: 어디에서 당하셨어요?.
eodieseo danghasyeoss-eoyo?.

C: 事故是在哪裡發生的呢？

A: 지하철역 을지로입구 2번 출구옆이요.
jihacheol-yeog euljiloibgu ibeon chulguyeop-iyo.

A: 地鐵乙支路入口站2號出口旁。

C: 알 겠 습 니 다 . 바 로 현 장 으 로 출동하겠습니다.
algessseubnida.balo hyeonjang-eulo chuldonghagessseubnida.

C: 我知道了，我們會立刻派員前往現場。

發生事故的 時候用	**교통사고 당했어요.** gyotongsago danghaess-eoyo. 我遇上交通事故。

교통사고 났어요.
gyotongsago nass-eoyo.
我不小心引起了交通事故。

叫救護車的 時候用	**구급차 좀 불러 주세요.** gugeubcha jom bulleu juseyo. 請叫救護車！

報警的時候用	**경찰에 신고해 주세요.** gyeongchal-e singohae juseyo. 請報警！

敘述事故發生 過程的時候用	**추돌 사고가 났어요.** chudol sagoga nass-eoyo. 發生追撞事故。

차가 중앙분리대에 부딪혔어요.
chaga jung-angbunlidaee budij-yeoss-eoyo.
車子撞上護欄。

차가 사람을 쳤어요.
chaga salameul chyeo-yeoss-eoyo.
車子撞到了人。

차가 저를 쳤어요.
chaga jeoleul hyeo-yeoss-eoyo.
我被車子撞到了。

사고 낸 차가 세우지 않고 도망갔어요.
sago naen chaga se-uji anhgo domang-gass-eoyo.
肇事的車沒有停下直接逃走了

韓國我來了！**緊急狀況篇**

Chapter
7

Part 1
Part 2
Part 3

Part 4

▼
意外狀況

03
交通事故　교통사고

韓國我來了！補充單字 💿 **Track 210**

▶**교통사고** gyotongsago　交通事故

▶**추돌 사고** chudol sago　追撞

▶**사고 낸 사람** sago naen salam　肇事者

▶**도망가다** domang-gada　逃逸

▶**음주운전** eumjuunjeon 酒駕

▶**위험하게 운전하다** wiheomhage unjeonhada　危險駕駛（動詞）

▶**위험한 운전** wiheomhan unjeon　危險駕駛（名詞）

▶**(과속)하다** (gwasog)hada　超速

▶**연속 충돌** yeonsog chungdol　連環追撞事故

▶**갑자기 ~ 튀어 나오다** gabjagi ~ twieo naoda　突然衝出

▶**중앙분리대** jung-angbunlidae　護欄

▶**액셀(러레이터)** aegsel(leoleiteo)　油門

▶**브레이크** beuleikeu　剎車

▶**밟다** balbda　踩

▶**번호판** beonhopan　車牌

▶**자동차** jadongcha　汽車

▶**자전거** jajeongeo　腳踏車

▶**트럭** teuleog　卡車

▶**스쿠터** seukuteo　輕型機車

▶**오토바이크** otobaikeu　機車

▶**오토바이** otobai　重機

▶**보행자** bohaengja　行人

▶**부상자** busangja　傷者

▶**화해(하다)** hwahae(hada)　和解

韓國我來了！緊急狀況會遇到的事物

견인차　拖吊車

응급 전화번호　緊急連絡電話

코피가 나다　流鼻血

韓國我來了！緊急狀況篇

Chapter
7

Part 1
Part 2
Part 3
Part 4

▼ 意外狀況 **03** 交通事故 교통사고

접수(하다)　掛號

얼름 찜질　冰敷

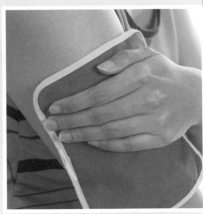

교통사고　交通事故

구급차　救護車

구호용품　救護用品

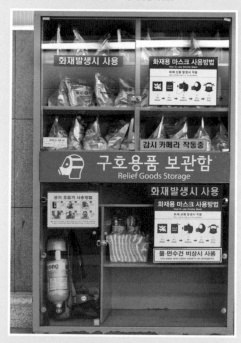

소화기　滅火器

韓國我來了！**緊急狀況篇**

Chapter 7

Part 1

Part 2

Part 3

Part 4

▼ 意外狀況

03 交通事故　교통사고

응급 치료　急救

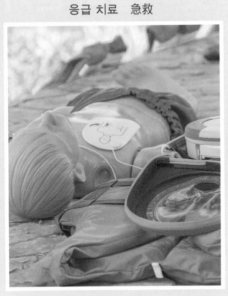

열이 나다　發燒

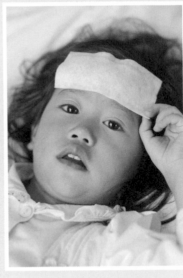

경찰　警察

04 找零有錯
거스름돈 잘못 거슬러 받기

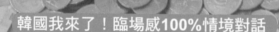

韓國我來了！臨場感100%情境對話　🎧 *Track 211*

A: 이 상품 2개 다 해서 6만 8천원입니다. 비닐봉지가 필요하세요?
yeogi sangpum dugae da haeseo yugman palcheon-won-ibnida. binilbongjiga pil-yohaseyo?

A: 這邊兩件商品共6萬8千元。需要袋子嗎？

B: 네. 여기 10만원이에요.
ne. yeogi sibman-wonieyo.

B: 要。給你10萬元。

A: 10만원 받았습니다.
sibman-won bad-assseubnida.

A: 收您10萬元。

B: 아, 8천원 있는데요.
a, palcheon-won issneundeyo.

B: 啊，我有8000元。

A: 네. 10만 8천원 받았습니다. 먼저 4천원 거슬러 드리겠습니다.
ne. sibman palcheon-won bad-assseubnida. meonjeo sacheon-won geoseulleo deuligessseubnida.

A: 好的，收您10萬8千元。先找您4千元。

韓國我來了！緊急狀況篇

Chapter 7

Part 1
Part 2
Part 3
Part 4

B: 응? 천원 짜리가 3장뿐인데요.
eung? cheon-won jjaliga setjangbbuninde-yo.

A: 아, 정말 죄송합니다. 만원 거슬러
드리겠습니다. 여기 영수증입니다.
a, jeongmal joesonghabnida. man-won geoseulleo
deuligessseubnida. Yeogi yeongsujeung-ibnida.

B: 咦？千元鈔票有3張
耶。

A: 啊，很抱歉。找您剩
下的1千元。這是您的
收據。

意外狀況

04 找零有錯 거스름돈 잘못 거슬러 받기

韓國我來了！實用延伸單句會話 Track 212

對方忘記找錢 的時候用	거스름돈 거슬러 받지 않았는데요. geoseuleumdon geoseulleo badji anh-assneundeyo. 你沒有找我錢。

發現找錯錢 的時候用	거스름돈 잘못 거슬러 줬는데요. geoseuleumdon jalmos geoseulleo jwossneunde-yo. 你找錯錢了。

거스름돈 금액이 맞지 않은데요.
geoseuleumdon geum-aeg-i maj-ji anheundeyo.
找的錢金額不對喔。

천원 더 거슬러 줬네요.
cheon-won deo geoseulleo jwossneyo.
多了1千元喔。

說明自己已 付帳的時候用	아까 5천원 다 드려야 맞아요. agga ocheon-won da deulyeoya maj-ayo. 我剛才應該有給你5千元才對。

아까 만원 줬는데요.
agga man-won jwossneunde-eyo.
我剛才給你的是1萬元喔。

建議對方對帳 的時候用	영수증 확인해 보시겠어요? yeongsujeung hwag-inhae bosigess-eoyo? 你要不要對個帳？

▶거스름돈 거슬러 주다 geoseuleumdon geoseulleo juda 找零

▶거스름돈 거슬러 드리다 geoseuleumdon geoseulleo deulida 找零（敬語）

▶잘못~ jalmot~ 弄錯～

▶충분하다 chungbunhada 足夠

▶많다 manhda 多

▶지폐 jipye 紙鈔

▶동전 dongjeon 硬幣

▶~짜리 ~jjali ～元紙鈔

▶거스름돈 geoseuleumdon 零錢

▶대조(하다) daejo(hada) 對（帳）

▶꺼내다 ggeonaeda 拿出

05 物品遺失

물건 잃어버리기

韓國我來了！臨場感100%情境對話 💿 *Track 214*

A: 죄송한데 물건을 화장실안에 놓고 나갔는데 어디에서 물어봐야 돼요?
oesonghande mulgeon-eul hwajangsil-an-e nohgo nagassneunde eodieseo mul-eobwaya dwaeyo?

B: 북문옆에 있는 매표구에서 물어봐 주세요.
bugmun-yeop-e issneun maepyogueseo mul-eobwa juseyo.

A: 알겠습니다. 감사합니다.
algessseubnida. gamsahabnida.

（매표구에서）

A: 죄송한데 카메라 화장실안에서 놓고 나갔는데 혹시 누가 카메라 가져 왔어요?
joesonghande kamela hwajangsil-an-eseo nohgo nagassneunde hogsi nuga kamela gajyeo wasseoyo?

C: 어떤 카메라인지 설명해 주시겠어요?
eotteon kamelainji seolmyeonghae jusigess-eoyo?

A: 不好意思，我把東西忘在廁所裡了，請問我可以詢問哪裡呢？

B: 請詢問北門旁的賣票窗口。

A: 我知道了，謝謝。

（在賣票窗口）

A: 不好意思，我把相機忘在站內的廁所裡了，請問有人拿過來嗎？

C: 能告訴我是怎樣的相機嗎？

A: 흰색 DSLR 카메라이고 사이즈가 손바닥 크기와 같은데요.

huinsaeg DSLR kamelaigo saijeuga sonbadag geugiwa gat-eundeyo.

C: 아직 이런 물건 가져 온 사람 없어요. 이 분실증명서 기재해 주세요. 이 카메라 받자마자 바로 연락해 드릴게요.

ajig ileon mulgeon gajyeo on salam eobs-eoyo. i bunsiljeungmyeongseo gijaehae juseyo. i kamela badjamaja balo yeollaghae deulilgeyo.

A: 알겠습니다. 감사합니다.

algessseubnida. gamsahabnida.

A: 白色的單眼相機，大小跟手掌差不多。

C: 目前沒有這樣的東西送來。請您填寫這張遺失證明書。只要一送來這邊，我們就會連絡您。

A: 我知道了，謝謝。

韓國我來了！**緊急狀況篇**

Chapter
7

Part 1
Part 2
Part 3
Part 4

韓國我來了！實用延伸單句會話 *Track 215*

找失物招領處的時候用

분실물보관소가 어디에 있어요?
bunsilmulbogwansoga eodie iss-eoyo?
請問失物招領處在哪裡？

東西不見的時候用

여기서 검은색 코트 하나 보셨어요?
yeogiseo geom-eunsaeg koteu hana boiseyo?
請問有在這邊看到一件黑色的大衣嗎？

찾아 주시겠어요?
chaj-a jusigess-eoyo?
可以請你幫忙找嗎？

찾았어요?
chaj-ass-eoyo?
有找到嗎？

찾자마자 연락해 주세요.
chaj-jamaja yeonlaghae juseyo.
找到請聯絡我。

어디에서 잃어버렸는지 아세요?
eodieseo ilh-eobeolyeossneunji aseyo?
你知道是在哪邊弄丟的嗎？

마지막으로 본 게 언제인지 기억나세요?
majimageulo bon ge eonjeinji gieogna-seyo?
你還記得最後一次看到它是什麼時候嗎？

▶**분실물/유실물** bunsilmul/yusilmul 失物

▶**유실** yusil 遺失

▶**잃다** ilhda 弄丟

▶**잃어버리다** ilh-eobeolida 弄掉

▶**잊어버리다** ij-eobeolida 遺忘的物品

▶**잊어버리다** ij-eobeolida 忘記

▶**묻다** mudda 詢問

▶**찾다** chajda 找

▶**찾았다/찾아내다** chaj-assda/chaj-anaeda 找到

▶**받다** badda 收到

▶**분실물보관소/분실물센터/유실물센터**
bunsilmulbogwanso/bunsilmulsenteo/yusilmulsenteo 失物招領處

▶**분실증명서** bunsiljeungmyeongseo 遺失證明書

溫馨小提示

各種物品遺失的後續理方式

▼

在國外旅遊最害怕發生的事情莫過於遺失貴重物品了，身處異地常常令掛失手續做起來處處碰壁；除了和當地承辦人員溝通上的困難之外，不熟悉辦事流程也是原因之一。因此，以下整理了三種重要物品遺失後的後續處理方式，讓你即使不幸遭遇到這種事，也能平心靜氣地解決困難！

韓國我來了！緊急狀況篇

Chapter
7

Part 1
Part 2
Part 3
Part 4

▼
意外狀況

05 物品遺失 물건 잃어버리기

護照遺失：

護照就是我們在國外的身分證，因此若是遺失護照，務必要在第一時間內掛失。首先，請先向所在地的警察局報案、取得報案證明，接著準備以下文件，以便向駐外使館或辦事處申請補發護照：1. 普通護照申請書 2. 護照專用相片二張 3. 當地身分證件 4. 報案證明 5. 其他：駐外館處依地區或申請人個別情形所規定之證明文件 6. 護照規費。

一旦新護照發下來後，舊護照就會被註銷，所以即使找到舊護照也不能再繼續使用喔。

信用卡及旅行支票遺失：

若不幸遺失了信用卡，應立即打電話到發卡銀行掛失、止付。各家銀行或合作的國際信用卡組織都有免付費二十四小時專線電話，撥打後會確認身分與最後一筆消費，並掛失信用卡。

如果是遺失旅行支票的話，也必須打電話通知支票服務中心申請補發，務必記得，旅行支票在使用前要將支票序號記錄下來並且和支票本身分開來放，在申報掛失時，才能將支票序號連同購買記錄一併給承辦人員，以便進行理賠作業。

手機遺失：

手機遺失時，務必先借電話打回台灣電信公司的客服中心，請他們協助將手機號碼停話，避免盜打的情況發生，並到所在地的警局報案。雖然不一定能將手機找回，但報案證明將會是回國後申請保險理賠的依據。

最後，為了避免讓這些事情壞了遊玩的好心情，出發前最好還是不要帶太多非必要的貴重物品，重要證件、照片多準備幾份副本放在各個包包或暗袋中以防萬一。如果不幸發生狀況，所在地又沒有駐外使館或辦事處的話，可以撥打外交部緊急聯絡中心電話：0800-085-095

原來如此 系列 *K006*

韓國我來了

自由行必學韓文會話,一本通通搞定!《暢銷增訂版》

實用會話╳自由行貼心提醒,一本就搞定!

作　　　者	朴凱彬	
顧　　　問	曾文旭	
社　　　長	王毓芳	
編輯統籌	耿文國、黃璽宇	
主　　　編	吳靜宜	
執行主編	潘妍潔	
執行編輯	吳芸蓁、范筱翎	
美術編輯	王桂芳、張嘉容	
行銷企劃	吳欣蓉	
法律顧問	北辰著作權事務所　蕭雄淋律師、幸秋妙律師	

二　　　版	2023年2月
出　　　版	捷徑文化出版事業有限公司
電　　　話	(02)2752-5618
傳　　　真	(02)2752-5619

定　　　價	新台幣360元/港幣120元
產品內容	1書

總 經 銷	采舍國際有限公司
地　　　址	235 新北市中和區中山路二段366巷10號3樓
電　　　話	(02)8245-8786
傳　　　真	(02)8245-8718

港澳地區總經銷	和平圖書有限公司
地　　　址	香港柴灣嘉業街12號百樂門大廈17樓
電　　　話	(852)2804-6687
傳　　　真	(852)2804-6409

本書部分圖片由Shutterstock、freepik網站提供。

 捷徑Book站

國家圖書館出版品預行編目資料

韓國我來了,自由行必學韓文會話,一本通
通搞定!《暢銷增訂版》/朴凱彬著.
-- 二版. -- [臺北市]:捷徑文化出版事業有
限公司, 2023.02
　面;　公分(原來如此:K006)
ISBN 978-626-7116-26-5(平裝)

1.CST: 韓語 2.CST: 旅遊 3.CST: 會話

803.288　　　　　　　　　112000559